FRANKLIN PARK PUBLIC LIBRARY
FRANKLIN PARK, ILL.

Each borrower is held responsible for all library
material drawn on his card and for fines accruing on
the same. No material will be issued until such fine
has been paid.

All injuries to library material beyond reasonable
wear and all losses shall be made good to the
satisfactic

**Replacement costs will be
billed after 45 days overdue.**

Sólo una noche

Sólo una noche

Meagan McKinney

Thorndike Press • Waterville, Maine

Published in 2004 by arrangement with Harlequin Books S.A.
Publicado en 2004 en cooperación con Harlequin Books S.A.

Thorndike Press® Large Print Spanish.
Thorndike Press® La Impresión grande española.

The tree indicium is a trademark of Thorndike Press.
El símbolo del árbol es una marca registrada de Thorndike Press.

The text of this Large Print edition is unabridged.
El texto de ésta edición de La Impresión Grande está inabreviado.

Other aspects of the book may vary from the original edition.
Otros aspectros de éste libro podrían variar de la edición original.

Set in 16 pt. Plantin.
Impreso en 16 pt. Plantin.

Printed in the United States on permanent paper.
Impreso en los Estados Unidos en papel permanente.

Library of Congress Cataloging-in-Publication Data

McKinney, Meagan.
   [Plain Jane & the hotshot. Spanish]
   Solo una noche / Meagan McKinney.
   Originally published as: Plain Jane & the hotshot.
     p. cm.
   ISBN 0-7862-6862-X (lg. print : hc : alk. paper)
   1. Large type books.   I. Title.
PS3563.C38168P57 2004
  813′.54—dc22   2004053986

Sólo una noche

Capítulo Uno

—Tienes que pensar en algo más que en hombres y maquillaje –le dijo Hazel McCallum, matriarca de Mystery, Montana, a la joven que estaba sentada junto a ella en el coche.

Frenó un poco para subir la cuesta detrás del camión que las precedía y continuó.

—Ya sé que una cosa va unida a la otra, pero este viaje es solo de chicas. No se permiten hombres.

—Apenas me maquillo, Hazel, y lo sabes. En cuanto a los hombres, no me persiguen precisamente. Con la mala suerte que tengo, no creas que me va a costar mucho olvidarme de todos mis novios durante el fin de semana –contestó Joanna Lofton al borde de la risa.

Hazel sabía perfectamente que era el ratoncillo gris de Mystery. El hecho de que hubiera hecho como si lo hubiera olvidado, hizo que a Jo se le encendieran todas las alarmas.

—Todas esas cosas de chicas no tienen cabida en Bridger's Summit –prosiguió Hazel como si no la hubiera oído–. Puede que haya unos cuantos machos por ahí arriba, pero me temo que solo de la especie oso.

–¿Osos? –dijo Jo con los ojos muy abiertos.

La profesora de Música del Colegio Plain-Jane había nacido y se había criado en Montana, pero, aun así, estaba acostumbrada a la civilización. Su barrio en Mystery era un mundo de casitas de cedro y pequeñas tiendas para los turistas con pintorescos ranchos de ganado como el de Hazel. No estaban acostumbrados a ver osos, serpientes de cascabel ni animales por el estilo por allí.

El Parque Nacional Bitterroot, sin embargo, era un mundo desconocido y salvaje y Jo empezó a preguntarse cómo había dejado que su amiga la embarcara en aquel viaje.

Hazel le había dicho que un fin de semana solo de mujeres le iría bien, pero no le había mencionado nada de animales.

–¿Has dicho osos? –intervino Bonnie Lassiter nerviosa desde el asiento de atrás–. ¿No serán grizzlies?

Hazel y Stella Mumford, ambas rondando los setenta y cinco años, rieron al unísono.

–¿Las estás oyendo, Hazel? –bromeó Stella–. Cualquiera diría que son las dos de Manhattan. Bonnie, hasta una urbanita como yo sabe que no es nada fácil hoy en día encontrar osos grizzlies.

Jo miró por el retrovisor a Bonnie y le sonrió. Ambas tenían veinticinco años y ambas eran de Mystery. Jo sabía que Bonnie era peluquera y trabajaba en el mejor salón de belleza de Mystery.

Ambas empezaban a sospechar que se habían comprometido a pasar diez días en un medio salvaje que les era desconocido.

Hazel vio cómo se miraban y sonrió.

La baronesa del ganado era bajita, pero no había que dejarse engañar por su tamaño. Conducía con seguridad y estaba empeñada en hacer de Mystery, su amada ciudad, una localidad llena de gente joven y de vida. Por eso, se había metido a formar parejas y a actuar de celestina.

–Vamos allá –le murmuró a su Cadillac mientras adelantaba al camión.

Jo intentó emocionarse ante la aventura que la esperaba. Había algo que le hacía sospechar que Hazel iba a aplicar sus dotes de celestina con ella, pero le parecía imposible porque la ganadera había dicho que la reunión era solo de mujeres.

Era una especie de curso de desarrollo personal en el que las mayores ya estaban graduadas, por supuesto, y se limitaban a organizar y supervisar las diferentes actividades, tanto físicas como mentales.

No estaba permitida la asistencia de hombres. Hazel se lo había dejado muy claro desde un primer momento. Jo no quería que le arreglaran ningún encuentro con un alquiler del sexo opuesto.

Después de lo de Ned, solo quería estar sola para lamerse las heridas y no volverse a arrimar nunca al fuego que la había quemado.

–Entramos ya en las montañas –anunció Hazel a medida que fueron dejando atrás las colinas y se fueron adentrando en tierras más abruptas.

–Espero que tú, Jo, hayas sido scout porque yo solo he acampado en el jardín de mi casa –comentó Bonnie.

–Sí, no te preocupes. Sé todo lo que hace falta saber para sobrevivir en el bosque… como, por ejemplo, cómo asar patatas en una hoguera –sonrió Jo tímidamente.

–Por Dios, Jo –la reprendió Stella–. ¿Por qué sonríes de medio lado? Eres una chica preciosa, pero demasiado tímida. ¿De dónde te viene tanta timidez? Cualquiera diría que tu madre fue Miss Montana. Cariño, tienes una sonrisa espectacular, así que no la escondas, ¿de acuerdo?

Jo sabía que Stella lo decía con buena intención, pero, como todo el mundo hacía siempre, le había recordado a su madre, a cuya sombra había vivido toda la vida.

A sus amigas las habían dejado desarrollar su personalidad, pero ella había tenido que ser igual que su madre, encantadora, fotogénica y vivaz.

El resultado había sido una mujer de lo más tímida.

—Da igual que su madre fuera Miss Montana —intervino Hazel percibiendo su incomodidad—. Lo importante ahora es inculcar un poco de seguridad en sí mismas a estas chicas para que se enfrenten a la vida con valentía.

Jo se dijo que Hazel tenía razón, que el pasado era historia y que estaba empezando una nueva etapa de su vida. Aun así, el dolor que le había dejado aquel profesor de inglés que la había engañado era horrible.

Le bastó acordarse de él para sentir ganas de llorar.

—Llegamos en cinco minutos —anunció Hazel saliendo de la carretera y tomando una pista de tierra rodeada de espesos pinos—. Jo, toma, se te ha metido polvo en los ojos —añadió dándole un pañuelo.

Hazel lo sabía todo sobre Ned y ambas

sabían que lo del polvo era una excusa.

Jo consiguió sonreír y se dijo que, aunque se arrepentía de haber accedido a ir a aquel viaje, debía fingir entusiasmo durante aquellos diez días porque las intenciones de Hazel eran inmejorables.

La pista de tierra las llevó alrededor de Montaña Lookout y hasta un remoto campamento situado en Bridger's Summit. Se trataba de unas cuantas cabañas sin electricidad, agua ni nada parecido.

Jo vio que había un claro en el que había un solo coche, pero Hazel paró antes de llegar para admirar el Cañón del Caballo bañado por el sol y que se abría ante ellas en toda su paz y serenidad. En el medio, discurría el río Stony Rapids como un lazo verde.

Por encima de las montañas, se veía una columna de humo y un helicóptero del ejército arrojando un líquido naranja retardante.

–El incendio está lejos –dijo Stella mientras Hazel volvía a poner el coche en marcha.

–Está del otro lado de la cordillera –añadió Hazel sin darle importancia–. Los he visto mucho más cerca. Además, antes de venir hablé con los bomberos y me dijeron que se prevén vientos flojos y mucha humedad. Así es imposible que el fuego avance, pero, aun así, me dijeron que tal vez nos tuvieran que evacuar.

–Siempre lo dicen –rio Stella–. Es para cubrirse las espaldas por si pasa algo y alguien los acusa de riesgos atractivos.

–¿Qué es eso? –preguntó Jo extrañada.

–Es un término legal que se aplica a algo que atrae a la gente, pero que es peligroso. Por ejemplo, que unos niños se metan a jugar en unas cámaras frigoríficas abandonadas.

–En mi época, un riesgo atractivo se aplicaba a la vecina de grandes pechos que iba a por tu marido –rio Hazel–. Dottie y su sobrina nieta Kayla ya han debido de llegar –añadió señalando el otro coche.

Jo miró a su alrededor y vio que el lugar era precioso y que, que ella viera, no había ningún riesgo atractivo.

Mientras, Hazel buscó a las otras dos mujeres, pero no las encontró.

–He alquilado las dos cabañas grandes, las que están junto al cañón –les explicó–. Una para las viejas y la otra para las guapas. Me parece que vamos a tener el campamento entero para nosotras. Los turistas se han debido de asustar con lo del incendio.

–Hablando de belleza, mirad lo que ha encontrando la sobrina nieta de Dottie –murmuró Stella.

Jo, que estaba sacando su mochila del coche, giró la cabeza y vio a un hombre y a una mujer que avanzaban por un sendero que llegaba del bosque.

Ella tenía que ser Kayla. Llevaba demasiado maquillaje para acampar y unos vaqueros demasiado cortos para poderse sentar.

Jo miró al hombre y se preguntó qué hacía allí. Se suponía que no iba a haber hombres, pero la rubia Kayla se las había ingeniado para encontrar uno en el bosque.

—¡Hola! —las saludó Kayla muy contenta—. Soy Kayla, la sobrina nieta de Dottie. Mi tía abuela está recogiendo leña para preparar la cena porque dice que está muerta de hambre. Este es Nick Kramer —añadió tocándole el brazo—. ¡Va a haber muchos hombres por aquí! Parece ser que son bomberos.

Jo miró al hombre alto y de hombros anchos. Tenía aspecto atlético y mirada inteligente, además de pelo corto y castaño y ojos color ámbar.

Era impresionantemente guapo y parecía ajeno a ello. Por su experiencia con hombres guapos, incluido Ned, sabía que solían ser más narcisistas que las mujeres.

Lo estudió con disimulo y lo vio sonreír al acercarse.

Aquello no era buena señal. Demasiado

seguro de sí mismo.

Jo dejó de mirarlo y se dijo que aquella repentina atracción por él había sido solo producto de las hormonas, que llevaban un tiempo en el dique seco.

Además, lo último que necesitaba en aquel viaje era un hombre, ni guapo ni feo.

—Me parece a mí que Nick, además de bombero, tiene pinta de ser de los Hotshots, el cuerpo de elite de montaña encargado de apagar los incendios de más difícil acceso —comentó Hazel—. Cómo se nota que veo el *Discovery Channel*, ¿eh? Lo he sabido por el escudo que llevas en la camiseta. Encantada de conocerte, Nick —añadió procediendo a hacer las presentaciones pertinentes.

Jo sintió que Nick la miraba y tuvo que hacer un gran esfuerzo para no huir.

Sabía que no tenía nada que ver con Kayla, pero también que no era fea. Había heredado de su madre los brillantes ojos verdes y su preciosa cabellera castaña.

Ahí terminaba el parecido con su progenitora.

Jo era menuda, como Hazel. Nada que ver con la altura de su madre y sus larguísimas piernas de modelo.

Piernas que se parecían, más bien, a las de Kayla.

–No habrás venido a decirnos que corremos peligro aquí, ¿verdad, Nick? –preguntó Hazel.

–De momento, no, señora McCallum –contestó educadamente.

Tenía una voz bonita y Jo vio rápidamente que era de barítono.

–Estamos limpiando la zona para evitar que el fuego se propague –le aclaró–. No es nuestra intención invadirles el campamento, pero tengo a mi cargo a doce hombres para vigilar el Cañón del Caballo y Bridger's Summit es nuestra base de operaciones. Aun así, no tienen por qué preocuparse ya que vamos a estar todo el día trabajando por ahí. No las vamos a molestar.

–No sois ninguna molestia –sonrió Kayla–. Es maravilloso que vayamos a coincidir todos aquí.

Bonnie miró a Jo y puso los ojos en blanco como diciendo «madre mía».

–¿Por qué no cenamos todos juntos esta noche? –prosiguió Kayla entusiasmada.

–Nos encantaría, pero trabajamos en turnos de doce horas y el próximo sale dentro de una hora. Estamos trabajando por la noche mientras haya luna llena.

Kayla hizo un puchero y lo miró decepcionada.

–Supongo que al que le toque el turno de noche no tendrá vida social... –dijo en voz baja.

–Bueno, ya nos veremos –se despidió Nick mirando de nuevo a Jo y haciendo que se pusiera nerviosa–. Hasta luego.

–Hasta luego –contestó Kayla mirándole el trasero mientras se alejaba–. ¿A que es guapísimo? –les dijo a las demás cuando lo perdieron de vista.

–Desde luego, es un bellezón –contestó Hazel mirando a Jo.

–No os dejéis nunca seducir por un bombero –les advirtió Stella.

–¿Por qué? –preguntó Kayla.

–Porque cuando os calentéis os tirará un cubo de agua por la cabeza –contestó Stella.

El chiste verde las hizo reír a todas y Jo tuvo que admitir que Kayla estaba muy guapa cuando se reía.

De repente, se encontró pensando en Nick, en cómo la había mirado, en cómo su presencia atraía las miradas femeninas. Hacía tiempo que no se preguntaba qué se sentiría en brazos de un hombre en concreto.

Se apresuró a apartar aquellos pensamientos de su mente, pero no le fue fácil.

La experiencia le había enseñado que lo mejor para no quemarse era no acercarse al fuego y eso era, precisamente, lo que tenía pensado hacer.

Capítulo Dos

Dottie McGratten, la tía abuela de Kayla, apareció cargada de leña unos minutos después de que Nick se hubiera ido.

Era una mujer de piel oscura y pelo blanco como la nieve. Llevaba una gorra juvenil, como juvenil era su carácter a pesar de ser viuda, al igual que Hazel y Stella.

—Las chicas mayores se están portando bien de momento —comentó Bonnie cuando las tres mayores se metieron en su cabaña antes de cenar.

—Sí, pero a juzgar por sus sonrisas, esto solo es la calma que precede a la tormenta —contestó Jo.

—Y ya verás qué tormenta —dijo Bonnie colocando el saco de dormir sobre el somier desnudo de su cama—. Astronomía, primeros auxilios, pesca, rafting... Si sobrevivimos, seremos como los rangers de Texas.

Jo miró a su alrededor. La cabaña apenas tenía nada. Una vieja estufa de leña, tres camas y unos pomos en la pared para colgar los abrigos.

«Diez días», pensó. Una eternidad.

Pero se lo debía a Hazel y a sí misma. Los McCallum habían financiado la escuela en Mystery antes de que el estado de Montana tuviera siquiera una legislación al respecto. Eso había sido hacía mucho tiempo, pero recientemente habían vuelto a ayudar al colegio con las clases de arte y de música, para las que no había fondos estatales.

Hazel se había hecho cargo de los programas de ambas materias y había impedido que Jo se quedara sin trabajo.

Por eso, Jo estaba dispuesta a hacer lo que Hazel quisiera.

—Me pido esto —anunció Kayla colocando su colección de maquillajes sobre una estantería de madera que había junto a su cama.

—Se pide todo —apuntó Bonnie en voz baja—. Con o sin vida.

Jo sonrió y siguió colocando sus cosas.

—Mi tía abuela me ha dicho que tu madre fue Miss Montana —comentó Kayla.

«Ya estamos», pensó Jo.

Siempre la fama de su madre la precedía. Incluso con gente que no la conocía de nada. Sintió una punzada en el pecho cuando le recordaron que seguía viviendo bajo la sombra de su progenitora.

—Sí —contestó Bonnie—. Y llegó a ser finalista de Miss América.

–Bueno… Montana –dijo Kayla con desprecio–. Nada que ver con ser Miss Texas o Miss Nueva York.

–¿Qué quieres decir? –preguntó Bonnie.

–Ya sabes. En Texas hay muchas chicas guapas y el concurso realmente tiene emoción. Las de Montana sois más feuchillas, ¿no? No lo digo por tu madre, ¿eh? –añadió mirando a Jo–. Estoy segura de que se lo merecía, pero es difícil ver chicas guapas en el norte. He visto alguna, pero no muchas… Hace mucho frío por aquí, los inviernos deben de ser duros y eso no va bien para la piel…

–Nos las arreglamos –contestó Bonnie divertida.

Jo ya se había dado cuenta de que Kayla no era precisamente muy lista, pero acababa de comprobar que se le daba muy bien insultar disimuladamente.

Era exactamente igual de insegura que su madre, que solo podía contar con su belleza.

–¡A formar! –bromeó Hazel entrando en la cabaña–. Perdón por interrumpir, chicas, pero hay que repartir las tareas.

–¿Tareas? ¡Creí que estábamos de vacaciones! –objetó Kayla.

Hazel miró de reojo la estantería llena de

cremas, máscaras de ojos y coloretes.

–Si queremos comer medianamente bien, hay que trabajar en equipo –contestó–. Kayla, tú tienes que traer leña todos los días. Bonnie y Jo os turnaréis para ir a buscar agua. Estos diez días van a ser muy interesantes, ya lo veréis –les prometió–. Id por agua una de las dos, que Dottie ya está haciendo la cena.

Jo se preguntó qué estaba tramando Hazel porque estaba claro por sus miradas que algo se traía entre manos.

La serena belleza del paisaje enseguida hizo que dejara de pensar en aquello. Bajó por un sendero acompañada por el canto de varios pájaros.

A medida que fue bajando, fueron apareciendo otras variedades de árboles además de pinos... Álamos dorados y abetos plateados.

Llegó al puentecillo que Hazel le había indicado y se arrodilló para recoger agua del riachuelo.

Qué tranquilidad y qué belleza. A través de las ramas de los árboles, se colaban los rayos de sol y formaba juguetones reflejos en el agua.

Se paró a disfrutar de aquel momento mientras se desabrochaba los dos primeros botones de la blusa para sacarse la larga coleta que se había hecho en el coche y que se había metido por el cuello de la camisa como era su costumbre.

—¿Preparándote para bañarte desnuda? —dijo una voz masculina a sus espaldas.

Asustada, se giró y se encontró con el guapo bombero que había aparecido con Kayla. Nick Kramer se llamaba, ¿verdad?

Se puso la mano sobre los ojos porque le molestaba el sol y dio un paso atrás intimidada por su altura.

Nick le miró el escote y Jo se ruborizó de vergüenza al ver que se le veía el sujetador.

—¿Te puedo ayudar en algo? —le preguntó apresurándose a abrocharse la blusa.

—¿A mí? —rio—. Suelo ser yo quien ayudo.

—Te he preguntado si te puedo ayudar en algo, no te he pedido que me ayudes —le espetó Jo.

—Perdona si te he molestado —se disculpó el bombero—. No quería interrumpir tu momento de nudismo...

—No me estaba desnudando —le aclaró.

Aquel hombre medía casi dos metros, así que Jo lo miraba desde abajo. Dio otro paso atrás al darse cuenta de que, además, era lo suficientemente fuerte como para hacer con ella lo que quisiera.

–No te voy a hacer nada ni te estoy siguiendo –le aclaró Nick–. No seas paranoica. Me han encargado lo mismo que a ti –añadió mostrándole una docena de cantimploras atadas a una cuerda.

Al verlas, Jo volvió a la realidad. Nick no era un devorador de mujeres. Estaban en el siglo XXI y no representaba ningún peligro si no se acercaba a él.

Sonrió y recogió su cubo.

–Tú primero –le indicó Nick.

Jo volvió a sonreír y se dirigió a la bomba que había al otro lado del puente.

–Hazel dijo que te llamabas Jo... ¿Es un diminutivo?

–¿Qué más da? –contestó Jo sintiendo que el corazón le latía aceleradamente.

No quería entablar una conversación con él. Después de Ned, se había jurado no acercarse a los hombres.

Había accedido a aquel viaje porque se sentía sola, pero no esperaba verse en mitad del bosque con un hombre.

–Joanna –contestó–, pero me puedes llamar como quieras porque no creo que nos volvamos a ver.

Al llegar a la bomba de agua, intentó con

todas sus fuerzas hacerla funcionar, pero no pudo.

–Déjame que te ayude –dijo Nick moviendo la manivela hasta que salió agua limpia–. Ahí tiene.

–Gracias –contestó Jo nerviosa–. Ahora ya puedo yo.

Lo cierto era que no era tan fácil como parecía llevar el cubo una vez lleno de agua.

–¿Te ayudo? –se volvió a ofrecer Nick.

Inmediatamente, Jo le arrebató el cubo. Al hacerlo, se salpicó y se le mojó la blusa.

–Solo quería…

–Ya puedo yo –insistió apretando los dientes–. ¿No tienes algún bosque que salvar?

–Muy bien, muy bien –contestó Nick–, pero estás desperdiciando una buena cantidad de agua potable.

Era cierto. Cada vez se le caía más agua al suelo y sobre la blusa.

Mientras terminaba de llenarlo, Nick se limitó a mirarla. ¿Estaba sonriendo burlón? El silencio entre ellos estaba resultando incómodo y Jo se arrepintió de haberse mostrado tan ruda.

–Gracias por su ayuda –dijo antes de alejarse luchando con el cubo.

Nick la alcanzó cuando iba por la mitad del puente, dándose en las piernas con el balde una y otra vez.

–Ahora entiendo por qué te han enviado a ti por el agua. Tienes vocación de bautizadora oficial del reino, ¿verdad?

Jo se giró y le dedicó una mirada de hielo.

–Te voy a dar un consejo –dijo Nick–. Cuando quieras cortar a un hombre con la mirada, no lo hagas con la blusa empapada porque a mí me pareces todo menos fría en estos momentos.

Jo se miró la blusa y comprobó que tenía los pezones erectos contra la tela blanca.

Conmocionada, soltó el cubo y se apresuró a cubrirse mientras el agua le caía sobre los pies.

Aquello hizo reír a carcajadas a Nick.

Furiosa, Jo volvió a agarrar el cubo y se encaminó al campamento. Decidió hacer dos viajes y se alegró de que en el siguiente no se fuera a encontrar con él.

–Eh, vuelve –le gritó Nick–. Me encantan las provocaciones.

–Pues vete a buscarlas entre las llamas –contestó Jo– porque yo no te he provocado… No tienes ninguna posibilidad conmigo –le aseguró mientras le castañeteaban los dientes.

–¡Eso sí que es toda una provocación! –sonrió Nick.

—No, de eso nada, es una advertencia para que lo intentes con otra.

—Me alegro de que hayamos mantenido esta conversación tan cordial —se despidió Nick—. ¿Sabes una cosa? A mí no me engañas. Sé que me estabas provocando, por mucho que quieras disimularlo con actitudes pías.

Jo sintió tanta furia que estuvo a punto de girarse y escupirlo a la cara.

Cinco minutos con aquel hombre le habían sobrado para encontrarse fuera de sí.

¡Y eso que se suponía que era una mujer de ciudad perfectamente preparada para la vida!

Capítulo Tres

Jo no percibió la belleza del paisaje mientras subía al campamento pues estaba demasiado concentrado en odiar a Nick Kramer.

Así que era del cuerpo de elite de los bomberos, ¿eh? Eso debía de querer decir que estaba acostumbrado a que las mujeres cayeran rendidas a sus pies, claro.

Frunció el ceño. Aquello era lo último que necesitaba.

Le extrañaba haber reparado siquiera en él pues todavía seguía lamiéndose las heridas que Ned había dejado en su vida.

Pero lo cierto era que Nick Kramer tenía una mirada increíblemente penetrante y un cuerpo atlético.

Además de una voz sensual.

Volvió a fruncir el ceño.

Debía admitir que estaba más enfadada consigo misma que con él. No debía engañarse a sí misma. La única manera de estar sana y salva con un hombre cerca era ser sincera consigo misma.

Y se encontró de nuevo pensando en Nick. Sin llegar a ser engreído, aquel hombre era arrogante. ¿No podría haber fingido un poco de humildad?

Jo arrugó el ceño. Probablemente, estaba acostumbrado a acertar siempre, así que no necesitaba mostrarse humilde, claro.

Aquel hombre se debía de creer un regalo de Dios para las mujeres.

No había más que haberlo visto en la bomba hacía unos minutos. Se debía de creer que le estaba haciendo un favor humillándola.

El cubo pesaba y el camino de vuelta era cuesta arriba, así que llegó sin aliento y empapada.

—Aquí llega la aguadora —anunció Dottie, que había hecho una hoguera en el centro del campamento y había colocado una barbacoa encima—. Estábamos empezando a pensar que te habías fugado con el bombero.

Hazel, que estaba organizando las cañas de pescar, miró a Jo y supo inmediatamente que estaba enfadada.

—Deja que te ayude —dijo agarrando el cubo con un mano a pesar de su edad—. Era solo una broma, ¿eh? Lo de Nick Kramer. Estábamos diciendo que a lo mejor te lo habías encontrado…

—Yo creo, más bien, que esa sanguijuela me ha seguido a la bomba de agua.

–¿Sanguijuela? Hija, una de las dos necesita gafas. A mí me parece que, si llega a ser un poco más guapo, habría que haberle prohibido que saliera de su casa no fuera a ser que provocara accidentes de tráfico –sonrió Hazel.

–¿Y las demás? –preguntó Jo.

En ese momento, Kayla salió de la cabaña con una toalla rosa y un neceser a juego y se dirigió al cubo de agua para lavarse. Al hacerlo, tiró buena parte del agua.

–Ten un poco de cuidado –la reprendió su tía abuela–. Jo acaba de traerla y no precisamente para que te la termines.

–Es solo agua –protestó Kayla–. ¿Verdad que no te importa, Jo?

–Sírvete lo que quieras –contestó Jo sin ganas de discutir.

Ya había tenido suficiente con el encuentro con Nick Kramer.

Dottie se dio cuenta de su cara y, cuando su sobrina nieta se hubo ido, habló con ella.

–Te debes de estar preguntando por qué he traído a Kayla –sonrió–. Es una pena, ¿verdad? Se hace la tonta porque cree que a los hombres les gusta.

–Y tiene razón… A muchos les gusta –intervino Hazel–. Me encantan los vaqueros y lo sabéis, pero la mayoría de los chicos que trabajan en mi rancho solo se preocupan de los pechos, no de las neuronas. Se pone muy nerviosos si una chica empieza a hablar del último libro que ha leído.

–A lo que iba es que Kayla no pretende ser irritante... aunque lo sea. En el fondo, es una chica dulce y amable. Lo que le pasa es que es insegura. Se esfuerza mucho para ser el centro de atención siempre y no le ha gustado nada que el bombero te mirara a ti.

–Por mí, que se quede con él. Yo no estoy interesada en ningún hombre –contestó Jo.

–Si yo tuviera tu edad, me moriría por salir con él –confesó Hazel–. Es un hombre guapísimo.

–Sí, es cierto, está bueno, ¿y qué? –se sorprendió Jo diciendo.

–Y nada, que es guapo, como tú –contestó Hazel haciéndola enrojecer–. Deberías darle un poco de margen. Piensa en el trabajo que hace, por ejemplo. Es de lo más peligroso. No es ningún tonto y me parece que le gustas.

–¿Por qué dices eso? –preguntó Jo con incredulidad.

–Por Dios, cariño, hasta un ciego se daría cuenta. A Nick se le iluminaron los ojos en cuanto te vio.

–Como debe ser –intervino Dottie–. Eres una chica guapísima, así que no tiene nada de extraño que te mire. Solo está siendo sincero.

«Sí, claro, sincero como Ned Wilson», pensó Jo.

Era cierto que Ned se pasaba el día diciéndole que era muy guapa. Se lo repetía hasta hacerla enrojecer, pero, ¿de qué servía interesarle a un hombre al que solo le importaba el placer sexual?

No quería saber nada de esos hombres que solo quieren una cosa en la vida y que, cuando la consiguen, desaparecen. Tenía muy clara cuál era su respuesta ante esos hombres: «No, gracias».

Jo consiguió sonreír de manera mecánica.

Las dos mujeres solo estaban intentando ser amables con ella. Sabía que Hazel tenía razón, pero no podía evitar sentirse insegura e incluso llegar a sentirse inferior.

Cuando intentaba mostrarse segura de sí misma, solo conseguía resultar patética. Desde Ned, cada vez que intentaba empezar de nuevo se encontraba sintiéndose como la víctima de un tiroteo intentando pasar silbando entre las balas.

—Voy a terminar de deshacer la maleta —anunció.

—No es la primera vez que te veo ese brillo en los ojos —dijo Dottie en cuanto Jo se metió en su cabaña–. ¿Qué estás tramando, Hazel? –sonrió.

–¿Quién? ¿Yo? Nada. Es simplemente que me siento feliz por Jo –contestó Hazel fingiendo inocencia.

–¡Feliz! Pero, por favor, si está enfadadísima.

–Sí, por eso, me gusta verla así de viva. Aunque sea una emoción negativa, pero es algo. Esa chica es demasiado soñadora y, a veces, parece un animalillo asustado. Nick Kramer la ha devuelto al mundo real. Si hay algo que haya aprendido en esta vida es a confiar en mi instinto para el amor y sé que Jo se equivoca juzgando a Nick. Es cierto que es muy guapo, pero los ojos son el espejo del alma y en los suyos solo hay sinceridad. Diga lo que diga Jo, Nick no es de esos hombres de «si te he visto, no me acuerdo».

Hazel no añadió nada más. Le bullían demasiadas cosas en la cabeza como para seguir hablando.

Le parecía que Nick Kramer y Jo Lofton eran la pareja perfecta para su misión secreta. Se trataba de salvar a su querida Mystery, cuya población de cuatro mil habitantes descendía cada vez más.

Aquella población había sido fundada por

su tatarabuelo Jake y ahora se estaba convirtiendo en un lugar en el que estaban desapareciendo los ranchos y estaban apareciendo urbanizaciones destinadas a los turistas.

Le daba pánico pensar que la gente de fuera pudiera arrebatar a Mystery su personalidad y reducirla a unas cuantas calles de tiendas y supermercados.

No podría soportarlo.

Sabía que era inevitable que las cosas cambiaran, pero ella quería que fuera por amor, no por dinero.

Por eso, la matriarca de Mystery había ideado un plan: emparejar a habitantes con gente a la que le gustara la localidad, como Jo, con alguien de fuera que aportara algo nuevo, pero respetando las tradiciones, como Nick Kramer.

Hazel lo tenía por un buen hombre pues los ejecutivos de mucho dinero no se arriesgaban para salvar bosques y vidas de desconocidos. A Hazel le gustaban especialmente ese tipo de hombres que se jugaban la vida haciendo trabajos peligrosos.

Todavía era demasiado pronto para aventurar qué iba a pasar entre Jo y Nick, pero Hazel había desarrollado un sexto sentido para las historias de amor. Hasta el momen-

to, había conseguido que tres parejas se casa\
ran y a las tres les iban de maravilla.

Jo y Nick se habían fijado el uno en el otro y, como se solía decir en el lenguaje teatral, «el escenario se había iluminado».

«Donde hay humo, hay fuego», pensó Hazel.

—Muy bien, chicos, escuchadme —dijo Nick al volver con las cantimploras llenas a la hoguera que sus hombres habían hecho en el campamento de Montaña Lookout—. Hasta ahora, ha sido muy fácil, pero el barómetro ha bajado en lugar de subir como estaba previsto. Ya sabéis que, si el ambiente se reseca demasiado, el incendio se avivará con fuerza. Por eso, esta noche, vamos a aprovechar que hay luna llena para salir a arrancar al maleza del cañón —anunció dejando las cantimploras.

—Tengo una idea mejor, Nick —dijo Jason Baumgarter, el operador de radio—. Vamos a la cumbre a inspeccionar las cabañas. Hay muchas chicas…

De inmediato, los demás silbaron y aplaudieron.

—Nuestro jefe ya ha reconocido el área, ¿verdad, Nick? —intervino Tom Albers, su segundo–. Te he visto acompañando a una linda señorita rubia, sacrificándose por todos nosotros.

–Es cierto, confieso mi pecado –bromeó Nick haciéndolos reír.

Mientras cenaban, se encontró pensando en una mujer, pero no era rubia sino castaña de ojos verdes y muy mal genio.

Jo Lofton le había intrigado desde que la había visto. Por desgracia, aquella sensación le hacía sentir cosas que prefería no sentir, le hacía anhelar un estilo de vida que no estaba seguro de querer llevar.

La mayoría de la gente sufría por lo que le sucedía en la vida, pero él había aprendido que él sufría por lo que no había tenido. Ni padres, ni hogar ni lugar donde echar raíces.

La única mujer a la que había amado, la única por la que había estado dispuesto a dejar su estilo de vida, no le había dado la oportunidad.

Karen lo había dejado porque había encontrado a alguien mejor y lo había destrozado.

–Aquí la Tierra llamando a Nick Kramer –dijo una voz devolviéndolo al presente–. ¿Estás bien para salir? –le preguntó Tom Albers–. Lo último que quiero es un hombre preocupado ahí fuera.

—Estoy bien –contestó Nick apretando los dientes.

Tom asintió.

–¿Dos o tres equipos?

–Tres –contestó Nick dejando de pensar en Jo–. Uno al norte del río y dos al sur. Es muy escarpado para ir en coche, así que tendremos que ir andando. Que cada equipo se ponga en contacto conmigo a través de la radio cada hora.

–Muy bien.

Mientras metía el hacha en la mochila, las palabras de Jo volvieron a su mente como una fuerza arrolladora.

«No soy ningún reto. No tiene ninguna posibilidad conmigo».

Capítulo Cuatro

—¡Vamos, señoritas, arriba!

La potente voz de Hazel fue como una explosión en la pequeña cabaña. Jo dio un respingo y se incorporó en su cama preguntándose qué habría pasado.

—¡Arriba ahora mismo! —gritó Dottie tras ella—. Deberíamos de estar ya en el río, perezosas, así que en marcha.

—Pero si todavía es de noche —se quejó Bonnie.

—¿Qué os pasa? ¿Estáis pegadas a las camas? —las increpó Hazel—. ¿No oís la llamada de la Naturaleza?

—Ya va, ya va, ya estamos despiertas —contestó Jo sonriendo al ver la cara de dormida de Kayla.

Se vistieron a la luz de una linterna de petróleo. Jo se puso unos vaqueros azules, una camisa de franela roja y unas buenas botas de montaña.

Se lavó la cara con agua fría y se sintió casi humana. Para terminar, se hizo una coleta y se la metió por la camisa.

Al hacerlo, recordó la escena del día anterior con Nick Kramer y se ruborizó.

«Sé que me estabas provocando, por mucho que quieras disimularlo con actitudes pías».

Le tendría que haber contestado «No te lo crees ni en sueños». ¿Por qué siempre se le ocurría la respuesta correcta al cabo de unas cuantas horas?

Tal y como les había dicho Hazel, estaba amaneciendo. Salieron de la cabaña frotándose los ojos y se dispusieron a preparar el desayuno en la hoguera.

Al ver aquel espectáculo de luz y sonido, gracias a los numerosos pájaros que daban la bienvenida al nuevo día, Jo se olvidó del enfado con Nick Kramer y disfrutó del momento.

Ahora entendía por qué a Hazel y a sus amigas les encantaba aquel lugar.

—Se está haciendo tarde —anunció la matriarca—. Tenemos una caminata de más de cinco kilómetros hasta el río, así que en marcha —añadió mirando perpleja a Kayla, que había aparecido vestida con unos pantalones cortos rosas y una camiseta por encima del ombligo.

Jo no se había dado cuenta de hasta qué punto su sedentaria vida de profesora había afectado a su condición física.

Tras solo media hora de descenso, le faltaba el aire. Menos mal que no era la única. Kayla y Bonnie estaban igual.

No así Hazel, Stella y Dottie, que avanzaban sin problema, charlando, bromeando y señalando las diferentes variedades de pájaros.

La que peor iba era la pobre Kayla.

Jo sintió pena por ella. Llevaba la camiseta dorada llena de insectos y las piernas arañadas. Para colmo, había perdido la tobillera que solía llevar en el pie derecho al tener que pasar por encima de una rama.

—Descanso —anunció Stella al llegar a la mitad del trayecto.

Hazel miró el horizonte en dirección norte. Había pequeñas columnas de humo y se oían las máquinas de cortar de los servicios de extinción de incendios en los cañones cercanos.

—¿Se está acercando el fuego? —le preguntó Jo a Hazel.

—No lo sé —admitió la anciana—, pero parece que el viento es más fuerte y no más débil, como habían dicho. Además, a mí me parece que hay menos humedad y no más.

–Yo creo que fuego se ha avivado porque nunca había visto tantos insectos aquí –indicó Stella quitándose el sombrero para apartar a unas moscas.

–¡Espero que el fuego lo queme todo! –exclamó Kayla resentida–. ¡Estoy harta de esta historia tipo Danny Crockett!

–Davy Crockett –la corrigió Hazel riendo–. ¡Pues menuda texana estás tú hecha! Anda, vamos a pescar un rato –añadió conduciéndolas a un remanso del río.

–Esto es increíble –comentó Stella cuando llevaban casi una hora pescando–. Las truchas se salen del agua.

Kayla había dejado de protestar y parecía estar divirtiéndose de lo lindo porque sacaba peces a puñados.

–¿Se están suicidando? –se preguntó Hazel.

–Es porque el fuego está cerca –le contestó una voz masculina–. Está alterando el ecosistema del río y forzando a los animales a buscar otros hábitats.

Las seis mujeres se dieron la vuelta y se encontraron con una vista maravillosa: doce hombres con unos cuerpos de escándalo mirándolas con curiosidad.

–Hola, chicos –los saludó Hazel–. ¿Tan guapa estoy con mis vaqueros nuevos? –bro-

meó–. Ah, ya entiendo, habéis visto a las niñas, ¿eh?

–Son muy guapas –contestó uno de los
bomberos.

–¿Sabe usted que nos encanta cuidar niñas entre incendio e incendio? –bromeó otro
haciéndolos reír a todos.

–Chicos, modales –los reprendió Nick.

Miró a Jo a los ojos y sonrió como pidién-
dole que hicieran las paces.

A pesar de que no estaba enfadado con
él, solo pudo esbozar una sonrisa mecánica.
No le solió otra cosa, pero no le extrañó. Había doce hombres mirándolas.

Claro que Kayla se estaba llevando casi
todas las miradas y estaba encantada.

–¿Habéis estado apagando fuegos, valien-
tes héroes? –sonrió.

–¡Con nuestras propias manos, preciosa!
–le contestó otro bombero.

–Estamos fuera de servicio ahora mismo
porque nos hemos pasado la noche limpiando el monte –dijo Nick–. No hay fuego en el
Cañón del Caballo –les aseguró–. Nos vamos a ir a duchar porque venimos todos
sudados.

Para cuando quiso terminar la frase, todos
sus hombres se habían dividido en grupitos y
estaban flirteando con las chicas.

A Jo no le apetecía nada tener que estar simpática, así que se apartó un poco y siguió pescando, pero Nick la siguió.

–Me alegro de no ser esa pobre lombriz –bromeó.

A Jo no le hizo gracia que se le acercara tanto. El agua del río estaba helada y no podía apartarse más.

Lo miró con cara de pocos amigos, pero solo consiguió hacerlo sonreír.

Entonces, Nick intentó otra táctica.

–Te pido perdón si ayer te parecí un listillo o un tonto o lo que sea –se disculpó–. Admito que la broma sobre que ibas a bautizar a todo el mundo estaba fuera de lugar.

–Desde luego.

–Hay que ver cómo te pones –dijo encogiéndose de hombros–. Solo te estaba pidiendo perdón.

–No le des más vueltas –contestó Jo sonrojándose.

–Solo quería hablar…

–No me lo creo –lo interrumpió desafiante–. A mí me parece que quieres algo más.

–¿Y tú eres un angelito o qué?

–Más que tú –contestó Jo mirándolo a los ojos.

Nick se quedó mirándola y comenzó a reírse.

Jo se dio cuenta de que también tenía ganas de reírse, pero no lo hizo porque sabía que solo la llevaría al sendero de la atracción que acababa siempre en la destrucción.

—Disculpas aceptadas —le dijo para que se fuera.

—¿Miras a todos los hombres así? Quiero decir, como mandándolos al infierno.

Jo lo miró estupefacta.

—Perdón por no ser un ejecutivo de chaqueta y corbata, limpio y perfumado. Sé que hace días que no me afeito, que duermo en una tienda de campaña y que me baño en el río, pero es que no esperaba conocer a una mujer...

—No creas que no aprecio vuestro sacrificio —lo interrumpió Jo—. Muchos hombres no serían capaces de hacer ni una décima parte de lo que vosotros hacéis, pero quiero que te quede claro que, si hubiera querido conocer a un hombre guapo y fuerte como tú, me habría ido a un bar, no al campo.

Nick la miró enfadado.

—¿Sabes una cosa? A ti lo que te hace falta es un poco de sillón.

—Ya estamos otra vez con los dobles sentidos —le espetó Jo—. ¿A qué sillón te refieres? ¿Al tuyo?

—Da la casualidad de que no tengo ninguno en la tienda. Me refería al de un psiquiatra. Te vendría bien ir a ver a uno para que te tratara ese odio que sientes hacia los hombres.

—Ah, ahora lo entiendo —contestó Jo enfurecida—. Como no he caído rendida a tus pies, estoy loca y odio a los hombres, ¿verdad? Os creéis que por ser bomberos, queremos algo con vosotros. ¿Creéis que la fantasía de toda mujer es que uno de vosotros la tome en brazos para ver atardecer? No, hombre, no, a los tipos como vosotros ya hace tiempo que os calamos. Mañana, harás lo mismo con otra mujer. Lo único que te importe es ligar. No, gracias.

Nick la miró con furia, pero antes de que le diera tiempo de contestar ambos se dieron cuenta de que todo estaba en silencio de repente.

Sin darse cuenta, habían elevado tanto las voces que los demás los habían oído y estaban esperando que siguieran.

Inmediatamente, oyeron risas.

—Maldita sea. ¿Ya estás contento? —le espetó Jo.

—Una técnica de lo más suave, Romeo —le gritó uno de sus hombres—. ¡Ya la tienes en el bote, campeón! Nos tienes a todos tomando notas.

–¡Muy bien, Nick! –bromeó otro–. ¡Has conseguido ponerla de un humor de perros!

Visiblemente enfadado, Nick se giró y se alejó.

Jo intentó seguir pescando, pero se encontró de rodillas en el agua cuando un pez demasiado grande para ella mordió el anzuelo.

Su grito de sorpresa no hizo más que avivar las risas. El único que no se rio fue Nick, que corrió a su lado para ayudarla a levantarse.

Mojada de pies a cabeza y helada de frío, apenas pudo darle las gracias.

–Los hombres como yo tenemos nuestro lugar en el mundo. Será mejor que no se te olvide –le dijo Nick en voz baja.

–No necesito un hombre que me salve –insistió Jo.

–Claro que no –dijo Nick recuperando la caña de pescar–. Esto debe de ser tuyo –añadió mirando la enorme trucha.

Jo la desenganchó del anzuelo. Estaba mojada, triste y sin palabras.

Nick se fijó en su camisa roja, pero Jo no necesitó mirarse para saber que le había vuelto a ocurrir. Volvía a tener los pezones erectos clavados contra la tela.

A ese paso, la próxima vez que lo viera se iba a desnudar delante de él.

–Sí, a lo mejor tienes razón –comentó Nick pensativo–. Puede que sea yo quien necesite que vengan a salvarlo –añadió como si estuviera luchando consigo mismo.

La dejó allí y se fue a decirles a sus hombres que se iban.

–¡Una cosa, chicos! –exclamó Hazel–. Tenemos un montón de pescado y no nos lo vamos a poder comer todo. ¿Por qué no os pasáis por nuestro campamento esta noche antes de salir a trabajar?

–Sí, es cierto, sería una pena tener que tirarlos –añadió Kayla.

–Muy amable por vuestra parte –contestó Nick–. Allí estaremos. Ya estamos hartos de tanta comida enlatada.

Hazel sonrió ampliamente al ver que Jo y él no se miraban.

No tenía previsto hacer una pareja en aquel lugar, pero no podía dejar pasar la oportunidad.

Nick Kramer y Joanna Lofton se llevaban, de momento, como el perro y el gato.

No había nada en el mundo que le gustara más que dos jóvenes con sentimientos encontrados y se acababa de dar cuenta escuchándolos que eso era exactamente lo que les sucedía a Jo y a Nick.

Podían ocurrir dos cosas: que le estallara

el asunto en la cara o que consiguiera otro matrimonio para Mystery.

«Nada de medias tintas», decidió observando cómo Jo recogía su trucha con el ceño todavía fruncido.

Aquellos dos o se convertían en apasionados amantes o en enemigos mortales.

Todavía era demasiado pronto para saber cuál sería el resultado final.

Capítulo Cinco

—**E**s muy fácil –dijo Dottie–. Le quitáis la cabeza, le quitáis la cola, lo abría y los limpiáis. Unos treinta segundos por pieza.

Jo, Bonnie y Kayla estaban aprendiendo a limpiar pescado y Kayla se tapó los ojos cuando Dottie vació las entrañas de su trucha.

–¡Qué asco! –exclamó–. ¿Qué se os va a ocurrir luego? ¿Llevarnos a ver cómo se hace el embutido?

–¡Menuda chica de ciudad tenemos aquí! –rio Hazel mientras preparaba el fuego–. ¿Esto te parece asqueroso? ¿Y qué harías, entonces, si te estuvieras muriendo de hambre y tuvieras que degollar a una vaca?

–Nunca haría eso –contestó Kayla–. Me compraría un plato congelado.

–Ya, pero aquí no hay platos congelados y no queremos que nuestros invitados se mueran de hambre, ¿verdad? –apuntó Stella–. Te recuerdo que, dentro de un rato, tendremos aquí a doce bomberos hambrientos.

–Sí, muy hambrientos en todos los sentidos... –comentó Bonnie.

–Tened cuidado con ellos, jovencitas –les advirtió Hazel–. No dudo de que sean buenos chicos, pero todos tienen la enfermedad hawaiana.

–¿Qué es eso? –preguntó Jo.

–Lacanuqui –contestó Hazel– o, lo que es lo mismo, falta de cama.

Las seis mujeres se rieron a gusto y en ese momento Jo se alegró de estar allí.

No eran siquiera las cuatro de la tarde y ya estaba rendida después del paseo, pero le gustaba la sensación. Así dormiría bien aquella noche. Era agradable caer dormida sin darle tiempo a Ned Wilson a que le llevara malos recuerdos una y otra vez, como una cinta de vídeo que no pudiera parar.

–En serio, a las mayores no nos importaría enseñaros un par de numeritos erótico festivos con esos chicos tan guapos –apuntó Hazel.

–Claro que no –intervino Dottie–. La edad no tiene nada que ver. Las mujeres mayores pensamos exactamente igual que las jóvenes.

–Sin embargo, os recuerdo que no estamos en un crucero sino en una reunión de mujeres dispuestas a pasar unos días trabajando en la confianza en sí mismas, no en su vida sexual –continuó Hazel.

A pesar de la advertencia, a Jo le pareció que le dedicaba una mirada significativa.

–Por otra parte, nunca se sabe dónde puede surgir una historia de amor. Puede ser en cualquier lugar –siguió Hazel–. Incluso en mitad de la Naturaleza. En ese caso, dejaos llevar.

«Si se cree que Nick Kramer quiere una historia de amor, Hazel está ciega», pensó Jo.

¿No se daba cuenta de que los hombres como él eran animales depredadores con un solo objetivo? No lo debía de saber, claro. Su marido había muerto en un accidente de coche y Hazel no se había vuelto a casar. No debía de haber conocido a ningún Nick Kramer obsesionado por el sexo.

Estaba claro que aquel bombero estaba acostumbrado a ser el terror de las nenas y ella no estaba por la labor de ser uno más de sus trofeos.

A Jo le gustaban los hombres seguros de sí mismos, pero la actitud de Nick le parecía exagerada. Tal vez, los bomberos, por aquello de que se pasaban la vida apagando fuegos, creían que también podían encenderlos con facilidad.

Era obvio que él tenía práctica intentándolo.

De repente, su mente proyectó ante sus

ojos imágenes tórridas de ellos dos y Jo sintió un gran calor en la entrepierna.

–... no se ponen sobre la llama vida –estaba explicando Hazel– sino sobre las ascuas y primero hay que envolverlos en unas hojas verdes.

–Está muy bueno si se los rocía con jugo de cebollas silvestres –les aconsejó Stella–. Hay muchas por esta zona.

Mientras Dottie terminaba la demostración, Stella fue a su cabaña y regreso con unas botellas de vino Zinfandel.

–Rústico no quiere decir bárbaro –sonrió–. Las voy a poner a enfriar en el riachuelo.

Jo terminó de limpiar su montón de truchas. La tarea no le pareció agradable, pero tampoco tan horrible como decía Kayla.

Mientras envolvía los peces en las hojas y se los daba a Hazel, no podía parar de pensar en su encuentro con Nick en el río.

«Te vendría bien ir a ver a un psiquiatra para que te tratara ese odio que sientes hacia los hombres».

Al recordar aquella frase, sintió una furia tremenda. Además de estar enamorado de sí mismo, a aquel hombre le gustaba jugar a saberlo todo sobre psicología femenina.

–¿Te molesta algo, cariño? –le preguntó

Hazel inocentemente.

Jo miró a aquella mujer menuda de ojos azules y moño blanco y se dijo que, a pesar de su apariencia, no debía dejarse engañar.

–Nada –mintió.

Lo cierto era que la próxima llegada de Nick la tenía alterada. Tenía la sensación de estar metida en un ascensor que iba cayendo al vacío.

No podía negarse a sí misma que se sentía atraída por él. Al fin y al cabo, era un hombre de un atractivo innegable.

Lo que le inspiraba era una atracción animal.

La misma que había sentido cuando el profesor Ned Wilson le había tocado el brazo durante una conferencia.

«La misma», se dijo. «Esto no es un déjà vu. Corro el peligro de tropezar con la misma piedra de nuevo. Si me lío con el bombero, corro el riesgo de quemarme», pensó.

No podía demostrar que Nick fuera igual que Ned, pero su instinto le decía que ambos buscaban solo su placer y, una vez conseguido, cortaban por lo sano y adiós.

Conocía a mujeres que actuaban exactamente igual y no condenaba aquel comportamiento cuando ambas partes estaban de acuerdo.

Sin embargo, ella prefería estar sola que volver a pasar por tanto dolor, por aquellas noches en vela llorando desesperada, por aquel sentimiento de traición y de no valer nada.

—¿Cómo? —dijo al darse cuenta de que Hazel le acababa de decir algo.

—Te digo que menuda cara se te ha quedado. ¿Ya estás otra vez pensando en ese profesor?

—¿Tanto se me nota?

—Sí… Olvídate de ese idiota y recuerda que menos mal que no eras su esposa, que es la que realmente se ha llevado la peor parte. Ella y sus hijos.

Jo asintió y se retiró el pelo de la cara.

—Tienes razón —sonrió sinceramente.

—Como de costumbre —bromeó Hazel—. ¿Cómo puedo ser tan lista y tan guapa? ¡Pero si lo tengo todo!

—¡Aquí llegan los invasores! —anunció Dottie mientras ambas mujeres reían.

Jo miró hacia allí y notó que se le aceleraba el pulso al ver a Nick.

—¿Eso de que hubiera tantos peces hoy en el río es mala señal? —le preguntó Dottie a Nick.

Él, al igual que Jo, había terminado de cenar. Estaban los dos sentados en el césped con las piernas cruzadas y, en opinión de Jo, demasiado cerca.

–Ahora mismo, todos los focos de incendio están controlados y muchos extinguidos –contestó Nick dando un trago de vino–. Sin embargo, esperábamos que las condiciones climáticas mejoraran y no ha sido así. No creo que vaya a haber problemas en Cañón del Caballo, pero podría haber situaciones de peligro si llegan chispas por el aire.

Jo se había dado cuenta de que los compañeros de Nick actuaban como si fuera de su propiedad.

Habían formado grupos y Kayla se había llevado la mejor parte. Tenía a la mayoría de los bomberos a su alrededor y tonteaba con unos y otros, pero no paraba de mirar a Nick.

–Nick, ¿sabías que la madre de Jo fue Miss Montana? –lo saludó uniéndose a ellos.

A Jo le pareció que el tono implicaba «Increíble, ¿verdad? ¿Cómo una mujer tan guapa pudo tener una hija tan normalita?»

–Entonces, supongo que hay muchas posibilidades de que su madre no sea rubia –comentó Nick.

–¿Cómo? –preguntó Kayla confundida.

–Lo digo porque la sociedad suele conferir a las rubias el papel de más guapas, pero parece ser que la realidad es que son las castañas las que ganan más concursos de belleza.

–Puede que ganen más concursos, pero nosotras somos más guapas –insistió Kayla–. ¿Y a ti qué te gustan más, las rubias o las castañas?

–Las castañas –contestó Nick dejando a Kayla desinflada.

Jo lo miró sorprendida.

Había aprendido a blindarse contra las comparaciones con su madre, pero la respuesta de Nick la había pillado con la guardia bajada.

«No lo ha hecho para halagarme sino para quitarse a Kayla de encima», pensó.

Era obvio que el bombero no se sentía atraído por ella, como la mayoría de sus compañeros.

«Tal vez, no sea tan básico», se dijo Jo. «O sea un maestro seductor y quiera jugar con Kayla, hacerla creer que no tiene nada que hacer con él para, más tarde, abalanzarse sobre ella como un león».

Lo cierto era que la rubia se había recompuesto y parecía más decidida que nunca. Estaba a punto de volver a la carga cuando

Hazel, que lo había visto todo desde la distancia, se unió a ellos.

–Kayla, cariño, no estás haciendo caso a los demás invitados –le indicó con diplomacia–. Al fin y al cabo, muchos están aquí por ti, pequeña belleza texana. No hagas esperar a tus admiradores. Vete a hablar con ellos, despliega tus encantos –añadió.

Kayla sonrió encantada ante los halagos de Hazel y se fue.

–Queda otra botella de vino enfriándose en el río. ¿Te importaría ir por ella, Jo? –preguntó Hazel.

–Ya voy yo –contestó Nick.

–No, tú eres un invitado –apuntó Jo.

Nick ya estaba en pie y ofreciéndole la mano para ayudarla a levantarse.

Jo se dio cuenta de que Hazel los miraba con agrado y placer. Hubiera querido levantarse rechazando su mano, pero habría sido de mala educación, así que la aceptó y se maravilló ante la facilidad con que la levantó, como si no pesara.

–Está en las rocas que hay al lado de la bomba –les indicó Hazel–. En el mismo sitio donde vas a buscar el agua, Jo.

Jo habría jurado que Nick y Hazel se miraban y se sonreían, pero le pareció imposible.

«Tonterías», pensó mientras descendía por

el sendero con Nick.

Aunque Hazel estuviera jugando a ser Cupido, obviamente, no se habría puesto de acuerdo con él. Era imposible.

—¿Te gusta esto? —preguntó Nick en tono amable.

—Es precioso —contestó Jo sinceramente.

Nick parecía decidido a ganarse su simpatía tras el altercado de horas antes.

—Hazel dijo ayer que eras profesora. ¿De qué?

—De Música.

—¿Y qué instrumentos tocas?

—El piano y la guitarra —contestó Jo mirándolo de reojo.

Nick parecía interesado de verdad, lo que la aterrorizó. Podía con un imbécil narcisista y presumido, pero no con un tipo sincero y bueno. El segundo podía gustarle de verdad y hacerle daño.

—Mi instrumento preferido es la guitarra, sobre todo la española.

—Yo no entiendo nada de música —confesó Nick mientras cruzaban el puente—. Ni siquiera canto en la ducha, pero he oído que la guitarra es el instrumento más fácil de tocar mal y el más difícil de tocar bien.

Tenía razón y su comentario la impresionó, pero en lugar de acercarla a él le produjo rechazo.

No quería descubrir que era una buena persona, delicada y con inquietudes. Debía tener cuidado. Podía ser uno de esos hombres que tenían respuesta para todo y que eran expertos en quedar siempre bien.

Hasta que no le demostrara lo contrario, sería mejor que creyera que Nick tramaba algo. Era como una araña tejiendo una tela para atrapar a la mosca.

Si no hubiera sido porque todavía estaba magullada de su relación con Ned, seguramente habría caído en ella porque, sin duda, Nick debía de ser una maravilla en la cama.

—Ya la agarro yo —dijo Nick al llegar junto a las rocas donde estaba la botella.

Jo fue a negarse, pero no le dio tiempo. En un abrir y cerrar de ojos, el atlético bombero había bajado por la botella y había vuelto. Jo no pudo evitar fijarse en sus músculos y en su agilidad.

—Los caramelos están muy bien, pero el alcohol está mucho mejor —dijo entregándole la botella.

Más tarde, al recordarlo, Jo se dio cuenta de que había empleado la cita de Ogden Nash sin malicia, pero en aquel momento no pudo evitar ponerle mala cara.

—¿Me han vuelto a salir cuernos? —bromeó

Nick–. De verdad, he visto yeguas salvajes menos asustadizas que tú.

–No soy una yegua que puedas domesticar –le espetó Jo.

Nick la miró enfadado.

–¿Te crees que mirando a un hombre lo sabes todo sobre él? Pues que te quede clara una cosa: de mí no sabes absolutamente nada.

–¿Y tú qué te crees? ¿Te crees que estoy aquí para sucumbir a tus encantos?

–¿Cómo? –dijo Nick indignado–. ¿Eres siempre así de molesta o es solo conmigo? –añadió enarcando una ceja.

Al hacerlo, a Jo le recordó irremediablemente a Ned. ¿Sería igual de mentiroso?

–Es solo contigo –le espetó mirándolo con frialdad y sin bajar el tono de voz a pesar de que estaban llegando al campamento.

–Piensa lo que quieras de mí –contestó Nick–, pero permíteme que te diga que estás completamente loca.

–¡Efectivamente! Debo de estarlo para quedarme a solas contigo.

Para desgracia de los dos, ya no estaban a solas y, de nuevo, todos los demás habían oído su discusión.

Al instante, estallaron en aplausos y gritos de júbilo y Jo sintió que se estaba ruborizando.

–Te desea, Nick –apuntó uno de los bomberos haciendo enrojecer también a su jefe.

–¡Punto, set, partido! –gritó otro.

Jo se dio cuenta de que la única que no se reía era Hazel. La anciana solo sonreía, pero aquella sonrisa era la de una manipuladora nata.

Capítulo Seis

Gracias al apretado horario que les habían preparado las mayores, Jo tuvo poco tiempo para recrearse en la vergüenza que había pasado por culpa de Nick Kramer.

En breve, ella y sus acompañantes se vieron atendiendo un curso de habilidades en la Naturaleza.

Hazel y Dottie les dieron la primera lección de rafting.

Se habían llevado dos balsas hinchables y las tenían listas en un recodo del río Stony Rapids, que desde allí bajaba bravo hasta el fondo el cañón.

Desde donde estaban, Jo no veía los rápidos, pero sí oía el agua.

—¡Kayla! —gritó Dottie—. ¿Qué demonios estás haciendo? Hemos dicho que reméis hacia el este, no hacia el oeste.

—Perdón, tía abuela Dottie, pero el este es la derecha y el oeste la izquierda, ¿no? —protestó Kayla haciendo un puchero.

—Solo si estás hacia el norte —le explicó Hazel con paciencia.

–Ahora me explico por qué íbamos haciendo círculos –le dijo Bonnie a Jo al oído mientras Kayla rectificaba la palada.

Jo estaba más pendiente de los miles de gotitas de agua que formaban un arco iris puntillista a su alrededor.

Lo único malo era que, de vez en cuando, aparecían columnas de humo que tapaban el sol.

–Este trayecto que vamos a hacer es como un perro ladrador y poco mordedor –les explicó Hazel–. Es uno de los lugares para hacer rafting más fáciles y seguros del estado. De no ser así, no os dejaríamos hacerlo. Yo misma lo haría si no fuera porque dejé de hacer rafting hace cinco años.

–Ya veréis cuando hayáis pasado los rápidos –apuntó Dottie–. Os va a encantar. Es como la mejor montaña rusa del mundo. Vais a querer repetir una y otra vez.

Jo se fijó en una columna de humo negro y se preguntó lo mismo que el día anterior: ¿Estaría tratando a Nick Kramer injustamente?

«¿Eres siempre así de molesta o es solo conmigo?», recordó que le había preguntado.

«Solo contigo», le había contestado ella.

¿Y si aquel calor que sentía cuando estaba

con él no fuera solo enfado? ¿Y si fuera otra cosa? ¿Y si fuera algo más primitivo que ella se estuviera empeñando en negar? No era fácil ignorar la belleza y los encantos de Nick.

«Si estoy encantada de quitármelo de encima, ¿por qué no paro de pensar en él?», se preguntó.

Para el caso, era como si estuviera con él todo el día.

Kayla la miró preocupada. A pesar de su aparente tontería, la rubia era mucho más aguda de lo que parecía.

Le dijo algo, pero Jo no la oyó.

—¿Cómo dices?

—Que se te ha ido la cabeza, profesora —intervino Bonnie—. Deberíamos estar alejándonos de la orilla.

—Perdón —se disculpó Jo remando correctamente—. Estaba soñando despierta.

—A mí me parece que estabas teniendo fantasías —apuntó Kayla.

—Con cierto bombero de espaldas anchas y un brillo especial en los ojos —añadió Bonnie.

Kayla frunció el ceño.

—No es mi tipo —se vio obligada a decir Jo—. Además, si no podemos estar diez días sin las atenciones de un hombre, es que tenemos un problema de adicción.

–Exacto –dijo Bonnie–. ¿Sabes que hay una organización que se llama Adictos al Sexo Anónimos? ¿Os lo imagináis? Una habitación entera llena de gente caliente. Estoy deseando apuntarme.

–Lo que a ti te pasa es que estás amargada –le dijo Kalya–. Dottie me ha contado tu relación con el profesor ese que te dejó plantada. Yo no estoy amargada y te advierto que me interesa Nick Kramer.

Jo se quedó mirándola unos segundos.

–Me parece muy bien –contestó por fin.

–Baker Uno a Baker Dos, ¿me recibes? Corto.

Jason Baumgarter soltó el botón de su radio para que le contestaran desde la vecina Copper Mountain.

–Aquí Baker Dos, te oímos alto y claro. Adelante. Corto.

Nick apartó a Jo de sus pensamientos y tomó la radio.

–Necesitamos un informe sobre vuestro sector –dijo–. Mi equipo está a punto de salir a trabajar. Corto.

–Roger. Todos los incendios controlados, pero el viento está arreciando y todavía hay algunos focos sin sofocar. Corto.

–Gracias, Baker Dos. Nos os durmáis en los laureles de todas formas. No queremos que se produzcan rebrotes. Corto.

Nick frunció el ceño y miró las columnas de humo al este, cerca de la Copper Mountain.

–¿Os han dicho algo de si hay que evacuar a los campistas? Corto –preguntó.

–Negativo de momento. Corto.

–Muy bien. Corto y cambio.

Nick le pasó la radio a Jason, que se la colgó en el cinturón. A su alrededor, sus compañeros se estaban poniendo las botas y agarrando sus mochilas con el material necesario para una dura noche de trabajo a la luz de la luna.

–Podría ser peor –comentó Tom Albers.

–Sí, supongo que sí –contestó Nick volviendo a pensar en Jo.

Quería quitársela de la cabeza, pero no podía. Le resultaba imposible dejar de pensar en aquella mujer castaña de mal genio.

Le ponía de mal humor que fuera la dueña de sus pensamientos. Le ponía de mal humor y, además, le daba miedo.

Hacía mucho tiempo que una mujer no se le colaba así en la cabeza. Mucho tiempo que no dejaba que una mujer le llegara tan hondo.

Desde que Karen le había dado aquel ultimátum: «Quiero un hombre que venga todas las noches a casa, no un nómada sin afeitar que está ausente durante semanas y que es casi un desconocido».

–Kayla es muy guapa –aventuró Tom–. Le gusta ligar. ¿Crees que va en serio contigo?

Nick sonrió y negó con la cabeza.

–Más bien, creo que es una chica liberal a la que le gusta ligar con unos y otros –contestó Nick volviendo a pensar en Karen.

Aquella mujer le había amargado la vida y se la seguía amargando.

Si no lo hubiera obligado a irse, tal vez habría conseguido más o menos lo que quería.

Nick no se consideraba casado con su trabajo, pero se le daba bien y le gustaba. Era un trabajo interesante y una buena experiencia para unos cuanto años. Además, lo había ayudado a pagarse la universidad.

Tenía una licenciatura en Geología, pero había seguido trabajando como bombero porque era lo que sabía hacer.

Además, le iba bien para encontrar un sentido a su vida de niño abandonado por sus padres y lo utilizaba como válvula de escape para toda la rabia que llevaba dentro.

Sin embargo, en lo más hondo de su corazón buscaba una buena razón para dejarlo y echar raíces.

Había pensado en ganarse la vida como profesor. Había dado algunas clases ya y la experiencia le había gustado.

Una buena razón... Tal vez, una razón como Jo Lofton. Lo malo era que se parecía demasiado Karen. Era fría, autocrática, cabezota e irascible. Además de guapa y sensual, claro.

«Olvídate de ella», le dijo la voz de su conciencia. «Si no la sacas de tu vida, te hará daño».

«Piensa, adelanta y sigue», se dijo.

—¿Qué te pasa? ¿Qué te tiene tan preocupado? —le preguntó Jason Baumgarter.

—Nada —contestó Nick—. Vámonos.

—¿Sabes de lo que me acabo de dar cuenta? —apuntó Tom.

—Comparte tu sabiduría con nosotros, Einstein —le dijo Jason.

—De que el Cañón del Caballo es prácticamente igual que el South Canyon de Colorado.

Nick no dijo nada, pero sintió un escalofrío por la espalda al darse cuenta de que Tom tenía razón.

Un repentino cambio en la dirección del viento en aquel cañón en 1994 había matado a catorce bomberos de elite y había dejado a su hermano mayor paralítico.

–Trae mala suerte mencionar malos incendios –le recordó a su amigo–. Vamos, chicos, a ganarnos el sueldo.

Durante el descenso al cañón, Nick no pudo parar de imaginarse a Jo desnuda, pero sus palabras le recordaron que no tenía nada que hacer con ella.

«¿Te crees que estoy aquí para sucumbir a tus encantos?»

Capítulo Siete

El cuarto día de su estancia en el Parque Nacional Bitterroot, Jo se levantó antes del alba para ir a buscar agua.

El verano estaba tocando a su fin y a aquella altitud el aire del alba era frío. Tanto era así que se formaba vaho ante sí cuando respiraba.

Se estremeció y corrió bien abrigada sendero abajo con el cubo en la mano.

Nada alteraba el silencio prístino excepto los pájaros de la mañana con sus trinos. Se paró a observar tanta belleza y, en ese momento, divisó a un precioso zorro que, al verla, salió corriendo.

Cuando estaba casi llegando a la bomba de agua, oyó voces masculinas muy cerca.

«Estupendo, ¿adivinas quién viene?», se dijo.

¡Y parecía que lo había hecho adrede para encontrárselos!

¡Para encontrarse con él!

Miró a su alrededor nerviosa y deseó poder desaparecer como acababa de hacer el zorro, pero ya demasiado tarde...

Nick Kramer estaba en el puente y la había visto.

—Anda, mira, Nick, si es tu amiga —dijo uno de sus compañeros.

Jo lo miró y recordó que se llamaba Jason. Sí, era el operador de radio y uno de los que más interés había mostrado en Kayla.

—Ahora entiendo por qué el jefe nos ha metido tanta prisa para volver —continuó el bombero—. Tenía una cita.

Jo sintió que se sonrojaba mientras los chicos silbaban y aullaban de júbilo.

Tal y como se temía, habían creído que había ido deliberadamente allí a aquella hora para verlo.

Sin duda, Nick debía de creer lo mismo.

—Parad ya, imbéciles —les espetó Nick sin convencimiento.

—Venga, chicos, vámonos, que le estamos estropeando a Romeo su cita —dijo otro—. Dejemos solos a los tortolitos.

Uno tras otro fueron pasando a su lado de regreso a su campamento y, para su horror, Nick se quedó el último.

—¿Te vienes a dar un baño en cueros conmigo? —le dijo uno en voz baja.

—Espero que no te importe —se disculpó Nick.

—¿A qué te refieres? —le contestó yendo hacia la bomba–. ¿A que me tomen el pelo y se burlen de mí? Me han dicho cosas peores al pasar por las obras.

–No, a que te acompañe –contestó Nick.

Debería haberle dicho que no con educación, pero no le salieron las palabras.

Pasó a su lado para tomar agua y, al hacerlo, aspiró el olor a sudor que desprendía su cuerpo y se dijo que era normal. Al fin y al cabo, llevaba doce horas de trabajo físico, no doce horas delante de un ordenador.

Además, se dio cuenta de que aquel olor la gustaba. Le parecía masculino, salvaje y excitante.

De hecho, estaba sintiendo un calor animal.

–La única vez que he visto a una chica tan fría como tú te muestras conmigo es cuando le han dado una patada –apuntó Nick–. ¿A ti te la han dado?

La pregunta la tomó por sorpresa y Nick se dio cuenta.

–Mira, no quiero volver a verte. Decidí venir aquí de acampada para estar sola. Si quieres una mujer, vete con Kayla, que va a estar encantada –le espetó.

–No has contestado a mi pregunta –insistió Nick mirándola a los ojos.

Jo tomó aire.

–No quiero una relación.

–¿Por qué? –le preguntó Nick con voz grave y sensual.

Como un insecto atrapado en una inmensa tela de araña, Jo intentó soltarse una y otra vez, pero le resultó imposible y, al final, sucumbió.

–Porque me dieron una patada –confesó.

Al levantar la cabeza, vio que Nick no estaba sonriendo triunfal ni nada por el estilo y aquello le llegó al corazón.

Entonces, se preguntó si a él no le habrían pegado la patada también.

Era obvio por qué no podían estar juntos. Sus respectivos mecanismos de defensa los estaban haciendo arremeter el uno contra el otro no con patadas sino con coces.

Jo se concentró en llenar el cubo de agua y, cuando Nick se ofreció a ayudarla, no se negó.

Cuando estuvo lleno, Jo se dijo que debía romper el silencio que se había instaurado entre ellos porque era un silencio demasiado obvio.

–Sé que no hay ninguna ley que prohí ba que se te revolucionen las hormonas, pero lo último que tenía en mente cuando me vine aquí era el sexo, de verdad –le dijo con naturalidad.

–¿Y crees que era lo primero en lo que estaba pensando yo? ¿Por eso llevo un traje de Armani y unos zapatos de Gucci? –bromeó Nick.

–¿Por qué no podemos ser solo amigos? –propuso Jo.

Estaban uno frente al otro con el cubo en medio. De repente, Nick lo dejó en el suelo y se acercó a ella.

Instintivamente, Jo quiso dar un paso atrás, pero no pudo hacerlo porque tenía la bomba detrás.

–¿Qué haces? –protestó.

–No creo que tú y yo podamos ser nunca amigos –contestó Nick tan cerca que Jo sentía su aliento en la cara.

Sus ojos color ámbar parecían quemar con un ardor carnal que la excitó sobremanera y le hizo sentir un nudo en la boca del estómago y brasas entre las piernas.

–¿Por qué no? –tartamudeó.

–Porque siempre va a haber algo sexual entre nosotros que nos lo va a impedir –murmuró Nick.

Jo no se atrevía a mirarlo.

Sabía que, si lo hacía, caería presa del hambre que sentía en su interior, un vacío feroz que había cobrado vida con una intensidad tan grande como los incendios contra los que él tan valientemente luchaba.

Pasó un segundo. Un segundo largo e interminable.

Nick no se movió.

Jo no se movió.

Si quería terminar con aquello, no tenía más que irse.

No hacía falta ni que lo mirara ni que se despidiera.

Nick era mucho más fuerte y alto que ella, pero no se sentía atemorizada por su cercanía sino invitada.

Un paso a un lado y aquel momento se rompería en mil añicos.

En lugar de alejarse, cometió el error fatal de mirarlo a los ojos.

Al hacerlo, la locura interior se apoderó de ella.

Invitación aceptada.

Sintió sus labios y un beso suave y dulce.

Desde que terminó con Ned, nadie la había besado ni tocado. El vacío se iba haciendo cada vez más grande y se dio cuenta de que Nick era el único capaz de llenarlo.

Al sentir que se rendía, Nick la abrazó con fuerza y la apretó contra sí.

Al igual que la de ella, su boca comenzó a moverse con más avidez y Jo se sorprendió a sí misma aceptando en lugar de apartándolo.

Gimió y aceptó su lengua exploradora. Al instante, sintió un deseo tan fuerte que la llevó a apretarse todavía más contra él.

Lo deseaba, lo necesitaba. Aquello era como una droga.

«¿Qué estoy haciendo?», se preguntó horrorizada. Pero no podía parar.

Nick le tomó la cara entre las manos y la besó con pasión haciéndola apretar los puños y sentir su erección.

—¡Eh, vosotros dos, marchaos a una habitación!

Al oír la voz de Kayla, Jo sintió deseos de gritar.

—Si no podemos estar diez días sin las atenciones de un hombre, es que tenemos un problema de adicción —dijo Kayla citando sus propias palabras.

Jo se soltó de los brazos de Nick y se quedó mirándola, pero se ruborizó al no encontrar la fuerza para contestar.

Lo cierto era que se sentía como una hipócrita.

—¿Y a ti qué te pasa? ¿Te gusta espiar o qué? —consiguió decir por fin en un hilo de voz.

—Espiar a las que se lo merecen —contestó Kayla enfadada—. Me parece que esto demuestra quién de nosotras es una devoradora de hombres –añadió mirando a Nick–. Se hace la dura, que os encanta, pero no has sido el único con el que el truquito le ha dado resultado. ¿Cuánto tiempo ha tardado la modosita en frotarse contra ti como una gata en celo? Si yo fuera tú, me aseguraría de ponerme dos o tres preservativos para acostarme con ella.

Y dicho aquello, se alejó triunfal.

–No sabía que estaba mirando... –dijo Nick.

–Déjame en paz –contestó Jo mortificada.

–Por favor...

–¿Por qué me haces esto? –lo interrumpió Jo enfadada.

–Parecía gustarte hasta que ha aparecido Kayla.

–De eso nada... Es solo que me has pillado con la guardia bajada. Te iba a parar cuando...

–¿Cuando te enfriaras un poco? –apuntó Nick–. Sí, desde luego, te has calentado en un momento.

–¡Iba a decir cuando hubiera podido respirar con normalidad de nuevo! –le espetó Jo empujándolo y corriendo hacia el puente.

–Sí, tienes razón, caliente y sin aliento, así es como estabas hasta hace un momento –bromeó Nick viéndola huir avergonzada–.

Así es como te voy a recordar, preciosa.

A pesar del inmediato alivio que sintió al alejarse de él, pronto Jo se dio cuenta de que no tenía dónde ir.

Nada más poner un pie en el campamento, sintió la mirada de Kayla como si fuera una cámara de vigilancia.

No entendía qué le había pasado. ¿Cómo había respondido así ante la invitación de Nick? No se lo explicaba.

—Buenos días —la saludó Hazel—. ¿Qué te pasa?

—Buenos días —contestó Jo llenando varias botellas de agua—. Nada, estoy bien.

Hazel la miró con escepticismo.

—Kayla ya está levantada y vestida —observó con demasiada inocencia—. No sé qué le pasa, pero me recuerda a esos gatos que torturan a los canarios antes de comérselos. No me digas que habéis tenido ya un enfrentamiento.

—¿Kayla y yo? Claro que no.

En ese momento, Dottie salió de su cabaña cepillándose su hermosa mata de pelo canoso.

—¿Y el café? No puedo vivir sin cafeína.

—Jo se ha retrasado un poco con el agua porque se ha encontrado con cierto bombero que la ha distraído —contestó Hazel.

–¿Por qué me parece que todo esto te encanta? –le dijo Jo enfadada–. ¿No estarás jugando a Cupido conmigo?

Hazel miró a Dottie.

–Declárate culpable y la pena será menor –le aconsejó su amiga.

Jo se quedó mirándola.

–A mí no me mires –dijo Dottie–. Yo no he tenido nada que ver. Por cierto, ¿por qué Cupido siempre va desnudo?

A pesar del enfado inicial, Jo no pudo evitar reírse.

Aquellas dos mujeres eran como colegialas.

La tensión se apaciguó, pero, aun así, aquel día las cosas con Kayla no fueron del todo bien.

Hicieron muchas cosas, pero Jo no podía parar de recordar aquel beso. Al hacerlo, sentía que el pulso se le aceleraba tanto que le retumbaba en los oídos y no le dejaba oír.

–Recordad que mañana por la noche nos vamos a alejar un par de kilómetros del campamento y, luego, nos vamos a dividir en equipos –les dijo Hazel aquella tarde–. Cada una de las jóvenes tendrá que guiar a una mayor de vuelta al campamento con ayuda de las estrellas y de los puntos de referencia que ya os he indicado. ¿Entendido?

–Entendido –contestaron Bonnie y Kayla.

Jo no contestó porque estaba medio dormida del esfuerzo que habían realizado aquel día.

Sin embargo, de vez en cuando, abría los ojos y se encontraba con Kayla mirándola con resentimiento y superioridad.

«No tienes de qué preocuparte. De ahora en adelante, Nick Kramer es todo para ti», se dijo.

Las palabras del propio Nick la mantuvieron despierta un buen rato.

«Porque siempre va a haber algo sexual entre nosotros».

Capítulo Ocho

—No olvidéis que no hay que luchar nunca contra la corriente —les gritó Dottie entre el ruido de los rápidos—. Dejad que os lleve en el medio del río. Si os desorientáis, se os da la vuelta la balsa o incluso volcáis no os asustéis. Dejad siempre que os lleve la corriente. Es el camino donde vais a encontrar menos resistencia.

—No hay que tener miedo —se dijo Bonnie nerviosa—. Al fin y al cabo, las piedras solo hacen daño si te das con ellas.

—Venga, no seas tan miedosa —le dijo Hazel desde la otra balsa—. Todas sabéis nadar bien y, además, lleváis chalecos salvavidas.

Jo sintió los nervios de la anticipación y dejó de pensar un rato en Nick Kramer y en su maravillosa belleza.

Había estado casi toda la noche recordando el beso del día anterior y, a pesar de que las noches a aquella altitud eran frías, había tenido que quitarse la manta de encima.

«Lo que necesito son cosas como estas», se dijo cuando el ruido de los rápidos era cada vez más cercano.

Nada como el miedo para centrar la mente.

–Dios mío, cómo me gustaría llevar un vestido de punto negro –comentó Kayla.

Menos mal que no le había hecho otro comentario despectivo sobre Nick y ella. De momento, en la balsa, dependían la una de la otra y eso había hecho que lo demás quedara a un lado.

–¡Vamos allá, vaqueras! –gritó Hazel emocionada mientras su balsa desaparecía y rebotaba abajo contra el agua–. ¡Colocaos en el centro! –les recordó.

Jo dejó de ver la otra balsa cuando la suya también descendió bruscamente y a su alrededor se formó una espesa cortina de espuma.

–¡Me quiero ir a casa! –gritó Bonnie antes de que el ruido fuera tan intenso que no se oyera nada.

Sin embargo, pronto descubrieron que, efectivamente, podían fiarse de la corriente. Discurrieron por el medio del río sin esfuerzo y lo único que tuvieron que hacer, de vez en cuando, fue apartarse un poco de las rocas utilizando los remos.

En pocos segundos, sus gritos de miedo se convirtieron en gritos de placer a medida que aquella balsa fue tomando velocidad y les dio la impresión de que estaban en una feria de verano.

Cuando la balsa llegó a la poza que indicaba el final de la aventura, se les hizo muy corta y, hablando todas a la vez, insistieron en que querían volver a probar.

—Ya os lo había dicho —sonrió Hazel mientras subían a pie junto al río con las balsas sobre las cabezas—. ¿Os dais cuenta de lo que os habéis estado perdiendo por comportaros como chicas remilgadas de ciudad?

Con la subida de adrenalina, Jo había conseguido realmente dejar de pensar en Nick, pero al volver al campamento después de comer y ante la repentina desaparición de Hazel, comenzó a sentirse incómoda.

Aquella celestina no descansaba nunca y Jo estaba convencida de que su objetivo en aquellos momentos era ella.

Hazel se había enterado hacía dos noches, cuando los bomberos fueron a cenar a su campamento, que aquella noche no trabajaban.

Tenía todo planeado para que Jo se «encontrara» con Nick durante los ejercicios de navegación astronómica.

Antes, tenía una misión. Si quería que las

vidas de Jo y de Nick se unieran, tenía que hablar primero con él para ver en qué estado se encontraba su corazón.

Su primera impresión de él había sido muy positiva, pero, aun así, quería asegurarse porque Jo acababa de pasarlo muy mal emocionalmente y no quería lanzar a su amiga a un nuevo torbellino de dolor.

Esperó a que las chicas estuvieran entretenidas con la cena y se fue disimuladamente al campamento masculino, situado unos quinientos metros más abajo que el suyo.

—¡Cuidado, chicos! —gritó al acercarse—. ¡Las mujeres os invaden!

Algunos de los hombres estaban en ropa interior y Hazel intentó no fijarse demasiado en ellos mientras recorría con la vista el campamento en busca de Nick.

Lo vio afeitándose con un espejo que había colgado de un árbol.

—Hazel —la saludó muy alegre—. Perdón por cómo estamos. ¿Qué te trae por aquí?

—La curiosidad —contestó Hazel mirando a su alrededor para asegurarse de que ningún otro bombero la escuchaba.

—¿Y eso?

—Quiera saber qué opinas sinceramente de Jo.

—¿De Jo?

—Los dos sabemos quién es, así que ahora dime qué piensas de ella.

Nick miró a Hazel y volvió a mirar el espejo.

—¿Quién lo quiere saber?

—Te lo estoy preguntado yo, ¿no? Venga, dímelo. No se lo voy a contar a ella.

—Bueno... es muy guapa –contestó receloso–. Tiene una cara preciosa y un buen cuerpo.

—Típica frase de un hombre, pero, si no te importa, vamos a saltarnos la parte de la subasta de ganado y vamos directos al grano. ¿Qué más?

—No tan deprisa –se resistió Nick–. ¿Qué piensa ella de mí?

—Nada bueno, evidentemente –contestó Hazel resultando cortante adrede.

—Eso es mutuo –dijo Nick enfadado, justo lo que Hazel buscaba–. Es una princesita quisquillosa que vive en un pedestal, le gusta imponer sus normas y que las cosas se hagan como ella quiere. Ya he tenido suficientes mujeres en mi vida de esas. Estoy harto de ultimátums.

Iba a decir algo más, pero se calló.

Hazel tenía la información que quería.

Era evidente que, al igual que Jo, había sufrido un desencanto amoroso y, también al igual que ella, confundía a la persona que lo había hecho sufrir con todas las personas del sexo contrario.

Un error muy extendido y muy trágico.

«Los dos son orgullosos y sensibles. Irónicamente, tienen mucho en común de lo que imaginan. Los dos están a la defensiva cuando, en realidad, no son enemigos», pensó Hazel.

Se dio cuenta de que sería inútil decírselo. Tenían que darse cuenta por sí mismos. Los asuntos del corazón eran así porque el corazón y la razón nunca se habían llevado bien. Tendrían que aprenderlo en la dura escuela del amor.

–¿Has oído alguna vez que ese refrán que dice «El fuego y la mujer mucha atención han de merecer»?

–Por supuesto –sonrió Nick–. No olvides que trabajo con fuego y estoy acostumbrado a acercarme sin quemarme. Con las mujeres intento hacer lo mismo.

–Sí, pero es muy fácil quemarse en el amor –le advirtió Hazel.

–Lo sé por experiencia –admitió Nick–. ¿Y Jo se ha quemado recientemente?

Hazel asintió, pero no entró en detalles.

–No es solo eso. Hace mucho tiempo que la conozco y te diré que ha tenido que esforzarse más que otras chicas de su edad para que sus padres la reconocieran. A veces, los padres son una influencia demasiado fuerte.

–Y otras no tienen ninguna, lo que es todavía peor –dijo Nick terminando de afeitarse.

–Entiendo, pero Jo tienen un problema con Miss Montana, ¿sabes? Es una mujer alta, guapa y de piernas larguísimas, que ha sido modelo profesional y todavía sigue siendo una celebridad en nuestra ciudad. Es tan famosa como AJ Clayburn, nuestro campeón del rodeo.

Nick asintió.

–Se me ha ocurrido que, tal vez, si pasarais unos cuantos ratos juntos, podrías ayudarla a quitarse ciertos complejos –sonrió Hazel.

Nick vio el brillo especial de sus ojos azules y sonrió también.

–Tal vez, pero no sé si a ella le va a hacer mucha gracia...

–¿Y qué? ¿Así pretendes conquistar su corazón? ¿Dónde vas a estar hoy sobre las ocho? ¿Tal vez en algún lugar más tranquilo que este?

–Algunas noches, voy al lago Wendigo para estar un rato solo. ¿Sabes dónde está?

Hazel asintió encantada. Era un lugar perfecto para que se encontraran a solas, un lugar precioso rodeado de pinos y abetos y que se veía desde su campamento, así que tendría la excusa perfecta para irse dejando a Jo atrás porque no había pérdida.

—Hay luna llena —comentó Nick—, así que estaré pescando en el muelle de madera que hay en la orilla sur del lago. ¿Sabes cuál es?

—Me parece bien. No te puedo prometer nada, pero, tal vez, tengas visita esta noche.

—Muy bien —contestó Nick—. Si no tengo visita, al menos, pescaré. La luna llena atrae a los róbalos.

—No quiero que me malinterpretes, Nick, porque Jo es más fuerte de lo que cree, pero no me gustaría que sufriera más de lo que ya ha sufrido —le advirtió antes de irse.

—Entendido, Hazel. No te preocupes, no soy de ese tipo de hombres.

—No esperaba menos de ti.

Mientras volvía al campamento, sin embargo, se dijo que sabía qué iba a pasar entre ellos dos.

A pesar de que Nick era una buena persona, había tenido una infancia difícil y eso quería decir que debía de tener muchas cosas reprimidas en su interior.

Muchos hombres con traumas infantiles y adolescentes, buscaban trabajos duros que no les obligaran a relacionarse demasiado con los demás. Lo había visto en muchos de los vaqueros que había contratado.

Jo necesitaba un hombre, sí, pero maduro y responsable.

Hazel cruzó los dedos para que, por el bien de su amiga y del futuro de Mystery, hubiera elegido bien.

Capítulo Nueve

Cuando Hazel llegó a su campamento, la cena ya se estaba haciendo y las chicas estaban jugando al badminton.

–¡Vamos, Lofton! –reprendió Bonnie a su compañera–. ¡Las he visto mejores! ¿En qué estás pensando?

–Seguramente, en una habitación doble o en un saco de dormir junto al fuego que, desgraciadamente, olerá al perfume barato de la última chica que haya pasado por los brazos de Nick –dijo Kayla.

–¡Tranquila, fiera! –la reprendió Stella.

Jo aprovechó aquel momento para mandar la pluma volando directamente a Kayla, que tuvo que dar un traspiés para que no le diera en la cara.

–A ver si te pones gafas, preciosa –le dijo–. Ya sé que quedaría un poco mal que Miss Montana llevara gafas, pero, al fin y al cabo, tú no eres Miss Montana, ¿verdad?

Jo llevaba todo el día tragándose las provocaciones de Kayla, pero aquella vez la texana había ido demasiado lejos.

Dispuesta a enfrentarse a ella, tiró la raqueta al suelo y se puso las manos en las caderas. Afortunadamente, Stella intervino a tiempo.

–¿A quién quieres engañar, Kayla? Estás celosa porque Nick ha elegido a Jo en lugar de a ti.

–Dejadlo ya –les aconsejó Dottie con voz ausente.

Tanto ella como Hazel estaban más concentradas en otra cosa. Jo siguió sus miradas y vio una nueva columna de humo en el cielo.

–Ese fuego es nuevo –comentó Bonnie–. Esta mañana no había llamas en esa zona.

–Eso mismo estaba pensando yo –dijo Jo.

En ese momento, apareció un avión y de él saltaron varios bomberos.

Jo se quedó observándolos extasiada. Tenían muy poco espacio para aterrizar con sus paracaídas y el viento cada vez era más fuerte, pero consiguieron hacerlo y comenzaron a sofocar el incendio de inmediato.

«Menuda forma de ganarse la vida», pensó.

–¿Será el equipo de Nick Kramer? –se preguntó Bonnie.

Hazel se giró y les dijo que no, que el equipo de Nick tenía el día libre.

Al ver la cara de sospecha de Jo, decidió

no añadir nada más. Era mejor omitir los datos que mentir, ¿no?

Después de cenar, las mujeres observaron el atardecer y el sol convertido en una bola de fuego mientras esperaban a que llegaran la luna y las estrellas para salir.

Hazel encendió la radio para ver qué decían de los incendios.

—«Y las últimas noticias que tenemos nos informan de que dos bomberos han resultado heridos, uno de ellos de consideración, en el incendio de Bent's Ridge»— estaba diciendo el comentarista.

—¡Esa es la montaña que tenemos al lado! —exclamó Dottie—. Deben de ser los bomberos que hemos visto saltar antes.

—«Uno de los hombres fue atendido en el lugar de diversas quemaduras y heridas mientras su compañero era trasladado en helicóptero al hospital más cercano, donde ha sido ingresado en estado grave pero estable. Aunque, de momento, no se ha ordenado evacuar el parque, se teme que en las próximas setenta y dos horas se produzcan más incendios»— concluyó el periodista.

Jo sintió que se le helaba la sangre en las venas. Y no era por miedo a los incendios. De repente, sintió la imperiosa necesidad de saber si Nick estaba bien.

«¿Qué me pasa? Obviamente, es triste que dos bomberos estén heridos, pero no debo dejarme llevar. Al fin y al cabo, a Nick no lo conozco de nada», se dijo.

–Espero que Nick esté bien –comentó Kayla mirándola y sonriendo con malicia.

Harta, Jo se dirigió a su cabaña para estar un rato a solas.

Hazel estaba encantada. Ver pelearse a aquellas dos mujeres como si fueran colegialas era mucho más divertido que cualquier otro espectáculo del mundo y, además, era gratis.

Jo, que era tímida y actuaba a la defensiva, veía en todos los hombres a Ned Wilson, que la había dejado tirada después de haberla utilizado como amante.

Nick, el guapo de Nick, tan aparentemente seguro de sí mismo, buscaba exactamente lo mismo que ella.

«No va a ser fácil», pensó.

Claro que, ¿desde cuándo le gustaban a ella las cosas fáciles? Jamás había apostado por las historias de amor edulcoradas y perfectas.

–¡Ha llegado el momento de que las chicas nos guíen en la oscuridad! –anunció eufórica.

A Jo la dejaron en una ladera de pinos a la luz de la luna.

«Solo tengo que volver al campamento», se dijo.

Era suficientemente inteligente como para ser profesora, así que debía saber interpretar el mapa que la Madre Naturaleza le proporcionaba.

«Hazel me ha enseñado todo lo que necesito saber», pensó mirando las estrellas.

Y era cierto, pero el problema era que no podía parar de pensar en Nick Kramer. No podía parar de pensar en el bombero que había resultado herido de gravedad y de preguntarse qué pasaría si fuera Nick.

Apartó aquel pensamiento de su mente y volvió a mirar las estrellas.

–Por aquí –dijo en voz alta.

Divisó un montículo y en quince minutos lo alcanzó gracias a la luz de la luna que le alumbraba el camino.

Un poco más allá, llegó al lago Wendigo, en cuya superficie se reflejaba la luz blanca del satélite.

Al fondo, divisó un muelle y, un poco más arriba, una carretera asfaltada. Era la que llevaba a Bridger's Summit bordeando la montaña Lookout.

Desde allí, sabía llegar con los ojos cerrados.

Se sintió encantada con su logro. En los últimos días, algo desconocido había surgido dentro de ella.

Recapacitó sobre el asunto y se dio cuenta de que era confianza en sí misma.

Encantada, se dirigió hacia el embarcadero de madera que se adentraba en el agua.

Aunque no estaba dispuesta a decírselo a nadie, quería volver cuanto antes al campamento para ver si había noticias de Nick.

Cada vez estaba más segura de que era él el bombero herido.

Aquella posibilidad le hizo recordar todas las respuestas desagradables que le había dado.

Desde luego, habían sido muchas y, ¿qué había hecho él para merecérselas? Estaba claro. Como Ned le había hecho la vida imposible, la pagaba con Nick.

Mientras iba pensando, vio una silueta que avanzaba por el muelle. Llegó hasta el final y, de repente, se giró y miró en su dirección.

—¿Humano u oso? —preguntó en tono amable.

Estaba oscuro y no le veía la cara, pero, al identificar su voz, Jo sintió un gran alivio. Nick estaba bien.

Inmediatamente, sin embargo, se dio

cuenta de que le habían tendido una trampa y se enfadó.

Hazel había elegido el lugar donde la había dejado. Jo se apostaba el oro de Fort Knox a que estaba haciendo de celestina de nuevo.

¡Y cómo Nick Kramer estuviera conchabado con ella se iba a arrepentir!

«Te vas a arrepentir», se dijo mientras lo miraba con las manos apoyadas en la cadera y cara de pocos amigos.

Capítulo Diez

Aquel encuentro, obviamente, no era casual. Jo estaba indignada.

—¿Te vas a dar un baño desnudo, valiente bombero mío? —le dijo en tono sarcástico.

—Bueno... yo...

—Tú tienes una cara dura increíble —rugió Jo.

Veía su silueta claramente recortada por la luz de la luna y, cuando se acercó hacia ella, vio su poderosa mandíbula, su nariz griega y sus labios.

A pesar del enfado y la vergüenza que la embargaban, el recuerdo del tórrido beso que había compartido en el puente se apoderó de ella y sintió que el deseo recorría su cuerpo de nuevo.

Se hizo el silencio entre ellos.

—Bueno, al menos, ahora sé que no te ha pasado nada —dijo Jo sin pensar.

—¿Creías que era uno de los dos bomberos que han resultado heridos hoy? —le preguntó Nick—. ¿Y estabas preocupada? —añadió atónito.

«¿Está sonriendo?», se preguntó Jo.

—Ven aquí —le indicó Nick sin esperar a que contestara a su pregunta.

Su silencio había sido contestación suficiente y ambos lo sabían.

Jo temía estar a solas con él porque era un hombre por el que se sentía atraída, pero todavía no se había repuesto de lo de Ned.

Aquello iba muy rápido.

Durante unos segundos, se encontró entre la emoción y la aprensión. Estaba caminando hacia algo que le producía mareo, como le había pasado al principio de su relación con Ned.

Una parte de ella estaba encantada con la sensación y quería seguir adelante, pero otra quería echarse atrás y evitarse el dolor que, irremediablemente, llegaría.

—¿Damos un paseo alrededor del lago? —propuso Nick—. Hace una noche preciosa.

—En cualquiera caso, tengo que ir hasta el otro lado para volver al campamento —contestó Jo.

—¿Eso es un sí? —rio Nick.

Jo asintió exasperada.

Cualquier cosa menos tener que mirarlo a la luz de la luna. Cuando comenzaron a andar se sintió tremendamente aliviada.

Nick se pasó los dedos por el pelo y suspiró.

—Creo que debería confesar –dijo.

—Hazel me la ha jugado, ¿verdad? –le preguntó Jo.

—Supongo que sí.

—Me lo temía. Ella nunca ha querido volver a tener una relación tras la muerte de su marido, pero se empeña en emparejarnos a los demás.

—Se le da muy bien, ¿no?

—Desde luego, yo me siento atrapada –confesó Jo.

—Bien –sonrió Nick tomándola entre sus brazos y besándola con pasión.

Jo sintió que se volvía agua por dentro y que el corazón se le aceleraba como si llevara horas corriendo.

Durante unos segundos, se permitió dejarse llevar y se concentró en besarlo con la misma fruición y en sentir su maravilloso cuerpo.

Sin embargo, la aprensión hizo acto de presencia y la voz de su conciencia le advirtió que, así, lo único que iba a conseguir era dolor.

Era la misma sensación que había sentido con Ned, como fuegos artificiales que la habían llevado a rasgarle las ropas y hacer el amor de forma salvaje durante horas.

Y pensar en cómo habían terminado…

Se apartó de Nick y retomó la marcha intentando recuperar el aliento.

Él se limitó a caminar a su lado y a no decir nada durante un rato, contento de tenerla cerca y disfrutando de la belleza del lago.

De vez en cuando, se oía el canto de una lechuza y algún que otro pez saltando en el agua.

La tomó de la mano y Jo no se opuso. De hecho, le gustó el contacto. Aquella mano callosa le recordó cómo se jugaba la vida por ayudar a los demás.

—Me estaba preguntando cómo te lo habrías tomado —comentó al cabo de unos minutos.

—¿A qué te refieres? —dijo Jo.

—A las bromas de mis hombres el otro día en el puente. Te aseguro que no lo hicieron con mala intención.

—Me parece que no sabes lo que son bromas de verdad. Son mucho peor mis compañeras de campamento que tus hombres.

—¿Te refieres a Kayla?

—Sí, efectivamente. Desde que... nos pilló, no para —confesó Jo.

No hacía frío, pero se estremeció y Nick se quitó la cazadora vaquera y se la puso sobre los hombros.

Al bajar los brazos, la tomó de la cintura y la apretó contra sí mientras caminaban.

–Hazel es una mujer con mucho desparpajo –comentó besándole el pelo–. Tiene razón en una cosa, ¿sabes? Nos hemos lanzado uno a la yugular del otro y ni siquiera nos conocemos.

–Conociéndola, supongo que te habrá dejado caer que he tenido una relación truncada hace poco, ¿verdad?

–Más o menos –admitió Nick–, pero eso le pasa a todo el mundo. Lo que más me ha hecho pensar es que me dijo que no ha sido fácil para ti crecer a la sombra de Miss Montana.

–Quiero mucho a mi madre, pero gracias a Dios no fue también Miss América. De ser así, seguramente, hoy estaría en un convento –sonrió Jo haciéndolo reír.

Su risa, clara y espontánea, le gustó. También le gustaba sentir la fuerza de su brazo alrededor de su cuerpo.

Se dio cuenta de que llevaba demasiado tiempo encerrada en sí misma, tanto física como emocionalmente.

–Háblame de él –le dijo Nick de repente.

Jo tomó aire y se soltó de él.

–Directo y repentino, como Hazel. No me extraña que le caigas tan bien.

—Te lo pregunto porque sé que él es el muro con el que me estrello una y otra vez. Tengo que conseguir atravesarlo para llegar a ti.

Jo se paró y lo miró fijamente.

—Das por hecho que entre nosotros va a haber algo, ¿verdad? Pues te voy a decir una cosa...

Nick la interrumpió con un beso.

En la locura del momento, Jo no protestó.

Cuando, por fin, retomaron el paseo, comenzó su confesión.

—Ese hombre no va a marcar mi vida, ¿entendido? No fue para tanto, pero lo cierto es que estaba completamente enamorada de él y, de repente, se saca una esposa y unos hijos de la chistera. Supongo que no soy la primera ni la última mujer a la que le ha ocurrido...

—Debe de doler mucho que te engañen así —comentó Nick.

Jo asintió y sintió que se le abrían las viejas heridas. Por alguna extraña razón, se sentía a gusto con Nick y quería seguir hablando.

—Nos conocimos al principio de un verano. Yo estaba haciendo un curso en la universidad donde él era catedrático. Me enamoré de él perdidamente y él fingió que le había ocurrido lo mismo, pero solo quería llevarme a la cama. Cuando terminó el verano y quise saber qué iba a ser de nosotros, me dijo que tenía una mujer y unos hijos en Ohio.

Calló durante un buen rato recordando cosas que habían ocurrido. De repente, algunas de ellas se le antojaron ridículas.

–Me dijo «Te estaré siempre agradecido por el verano que me has hecho pasar. Me has recordado que puedo ser un hombre de verdad. Siempre serás alguien muy especial para mí» –dijo imitando a Ned–. ¿Qué te parece?

Nick se quedó mirándola.

–Que te debió de hacer mucho daño.

Jo cerró los ojos.

Tímida por naturaleza, después del desastre con Ned, había sentido la tentación de hacerse ermitaña.

Aquel hombre era débil y mentiroso, pero no podía dejar de culparse por lo ocurrido. Su madre, como buena reina de la belleza que era, le había dicho una y mil veces que lo único a lo que un hombre le era fiel era a una mujer guapa.

Exactamente, lo último que Jo quería.

–No pienso dejar que me pase lo mismo –dijo en voz alta–. Para mí, como si tuvieras mujer y doce hijos en Mystery, así que ya basta de hablar de mí –añadió ansiosa por cambiar de tema–. Llevo días insultándote, pero es que tenía que conocer al enemigo.

–No hay mucho que contar –dijo Nick observándola detenidamente mientras la tomaba en brazos para pasar sobre un árbol caído–. A los cuatro años, mis padres tuvieron un accidente de coche en las Montañas Rocosas, en Canadá, y murieron. Se habían escapado el fin de semana para celebrar su quinto aniversario de boda y a mí me habían dejado con mi abuela Jane en Denver. Es horrible, pero apenas me acuerdo de ellos –admitió–. Viví con mi abuela hasta los catorce años, cuando sufrió un infarto y los servicios sociales tuvieron que hacerse cargo de mí.

–Dios mío, eso sí que debió de ser duro.

–Sí, mucho –confesó Nick–. Ya era un adolescente y es muy difícil que las familias que quieren adoptar quieran un chico de esa edad, así que estuve con varias familias de acogida. Tres en cuatro años.

Se calló mientras recordaba aquellos tiempos.

–Después de todo lo que has pasado tú, te debo de parecer una tonta –dijo Jo–. ¡Y yo quejándome porque he tenido que crecer a la sombra de mi madre!

—Cada uno tiene lo suyo —la tranquilizó Nick—. Lo cierto es que mi abuela siempre me dijo que me querían mucho y ella me dio todo el amor del mundo.

—¿Y tus padres de acogida?

—Tenían buenas intenciones, pero, para serte sincero, me sentía más como mano de obra barata que como un miembro más de la familia. Lo que más recuerdo es cortar el césped, lavar el coche y cuidar a los niños pequeños. Menos mal que a los dieciocho me dieron una beca para la universidad y, desde entonces, vivo solo.

—Como un marinero errante sin raíces, ¿no?

—Algo parecido, sí.

—¿Tienes mujer y doce hijos esperándote en casa?

—Me encantaría —rio Nick—, pero no tengo espacio. Cuando vuelva a casa, solo me estará esperando mi pobre perro, que se pasa más tiempo en el albergue que conmigo.

—¿No has pensado nunca en establecerte en algún lugar, en dejar tu trabajo y en casarte?

—¿Estás de broma? ¿Acaso piensa el rey Midas en oro?

—Sí, y por eso lo atesora. ¿Por qué no buscas tú el tuyo?

—Porque no sé dónde encontrarlo —admitió–. Una vez, conocí a una mujer por la que consideré dejarlo todo, buscarme otro trabajo y formar una familia, en fin, ese tipo de cosas, pero creo que tardé demasiado tiempo en decidirme y ella se hartó de mesarse el pelo ante el televisor durante la época de incendios. Apenas me veía de primavera a otoño. No la puedo culpar, la verdad. No ha habido nadie en mi vida que se haya quedado conmigo mucho tiempo…

Se hizo el silencio entre ellos y, de repente, Nick parecía otro. Era un hombre mucho más frío que el que Jo había conocido.

Quiso decir algo para animarlo, pero no le salían las palabras.

–Mi… madre me llamaba ratón –dijo de repente–. Nunca le pareció que fuera lo suficientemente vivaracha ni popular y la verdad era que… no lo era. Desde luego, no para ella. Después de Ned, me he dado cuenta de una cosa. Hace falta mucho valor para estar sola y mi madre nunca lo tendrá.

Nick la miró fijamente y le acarició la mejilla.

Se inclinó sobre ella y la volvió a besar, haciendo que a Jo le pareciera que la noche daba vueltas a su alrededor.

Al sentir su deseo, el suyo propio se acrecentó.

Intentó soltarse, pero Nick no se lo permitió.

Jo sintió que se le aceleraba el corazón y supo de inmediato cuáles era los planes de Nick para aquella noche.

Aunque en su cabeza el decía que no, sus sensaciones le decían que sí.

Una parte de ella se moría por el contacto físico, pero otra parte estaba asustada y con la bandera roja levantada.

«Debería ir más despacio», se dijo a sí misma. «Con Ned también me precipité y me salió fatal»,

Pero, ante los maravilloso besos de Nick, aquellas palabras se las llevó el viento.

–¿Y tú tienes valor para pasar la noche conmigo? –le preguntó él.

Jo lo besó y no dijo nada.

Capítulo Once

Jo sabía que tumbarse con Nick sobre el suelo cubierto de agujas de pino era una locura, pero, mientras él colocaba su cazadora, se dio cuenta de que su deseo era una invitación que nacía de su yo más profundo físico y emocional.

Sabía que Nick no iba a besarla y a juguetear como si fuera un adolescente. Nick era un hombre hecho y derecho y, como tal, le iba a hacer el amor.

Su intensidad, lejos de asustarla, la atraía. Se había dejado llevar una vez por la pasión y lo había pagado caro, pero no podía evitarlo.

El deseo que sentía por Nick era demasiado fuerte y la llama que había encendido dentro de ella era imposible de apagar.

«Nick es diferente», se dijo.

Se había dado cuenta hablando con él de que, tal y como le había dicho Hazel, no se habían molestado en conocerse.

Al hacerlo, ambos se habían dado cuenta de lo equivocados que estaban respecto al otro.

Eso hacía que Jo se arrepintiera sobremanera de los insultos y las malas contestaciones que le había dado.

—¿Tienes frío? —murmuró Nick besándola en el cuello con la respiración entrecortada.

—Me parece que, contigo cerca, es difícil tener frío —bromeó Jo.

Se apretó contra él y sintió embriagada el latido de su potente erección. Separó las piernas para que los puntos más sensibles de sus cuerpos se tocaran a través de la ropa.

—Sí y ahora mismo me acabas de subir a mí la temperatura varios grados —dijo Nick con voz ronca.

—¿Qué pasa, bombero, no soportas el calor?

—Soy valiente y me voy a arriesgar —contestó desabrochándole la blusa—. Te advierto que llevo mucho tiempo en estas montañas apagando incendios y que, una vez que empiezo, no paro hasta que termino. Espero que tú estés tan ansiosa como yo por llegar hasta el final.

Jo jadeó y Nick deslizó las manos por dentro de la blusa. En un abrir y cerrar de ojos, le había quitado el sujetador y le estaba acariciando los pechos.

Al instante, Jo sintió que los pezones se le ponían duros y, mientras Nick se los acariciaba formando círculos con las palmas de las manos, sintió una serie de escalofríos que la hicieron estremecerse.

Le desabrochó la camisa con manos temblorosas por la pasión del momento y tembló ante el maravilloso placer de juntar sus pieles desnudas.

Recorrió con las manos sus fuertes músculos de la espalda, los hombros y el torso y le acarició el abdomen, robusto y macizo.

Nick le tomó la cara entre las manos y la besó. Jo lo miró y supo que jamás olvidaría lo guapo y deseable que estaba a la luz de la luna.

Era la mezcla perfecta la fuerza de Marte y la belleza de Adonis.

Y, sobre él, la maravillosa y perfecta noche de Montana. La brisa nocturna quedó rápidamente contrarrestada por el calor interno de ambos.

Si por Jo hubiera sido, le habría dado igual que aquel hombre la llevara desnuda a una cima nevada. No se habría dado cuenta.

Se besaron durante minutos ardientes hasta que no pudieron más y, uno al otro, se desabrocharon los pantalones.

—¿Alguien ha traído preservativos? —preguntó Nick.

—Estoy segura de que el bombero tiene varios en la cartera —bromeó Jo arrepintiéndose de sonar como Kayla.

–Suelo comprarlos de diez en diez, pero se me han acabado –contestó Nick también bromeando.

–No te preocupes, estoy tomando la píldora.

No era el momento de explicarle que solo la había tomado durante su relación con Ned y que pensaba dejarlo en cuanto se le acabara la caja que tenía abierta.

Dejó de preocuparse por aquel tema en cuanto sintió la mano de Nick deslizándose bajo la cinturilla de sus braguitas hasta el centro húmedo de su cuerpo.

Separó más las piernas y gimió de placer cuando Nick comenzó a acariciarla de manera experta.

Se sintió como una flor con los pétalos hacia el sol.

Nick se inclinó sobre ella y le tomó un pezón entre los dientes sin dejar de acariciarle la entrepierna.

–Nick... Nick –dijo Jo varios veces en éxtasis.

Sintió un intenso placer que la dobló por la mitad e, inmediatamente, quiso más.

Nick se quitó los calzoncillos y le agarró la mano para que ella lo rodeara.

Al sentir su erección, grande y fuerte, Jo sintió una gran excitación.

Estaba tan ansiosa de sentirla dentro que se asustó.

Abrió bien las piernas y, segundos después, solo sintió un tremendo placer. Nick no se anduvo por las ramas, fue directamente hasta el fondo, de una embestida, tal y como ella quería.

Se movieron rítmicamente hasta que Nick apresó sus labios en un último beso brutal y ambos alcanzaron el orgasmo al unísono.

Jo gritó de placer y clavó sus uñas en sus nalgas, animándolo a seguir moviéndose.

Alcanzó el clímax varias veces más antes de que Nick gritara su nombre y se desplomara sobre ella como si no fuera capaz de resistir más placer.

Era la primera vez que Jo tenía tantos orgasmos y tan rápidos con un hombre. Egoísta y secretamente, deseó que el acto recomenzara.

Al ver que lo abrazaba con sus músculos internos, Nick debió de entender su petición y, al instante, se volvió a excitar.

Casi inmediatamente, el ritmo volvió a comenzar.

Tras aquello, Jo perdió la noción del tiempo y alcanzó cotas de placer jamás soñadas.

Era placer puro y duro, nada más y nada menos.

Los dos solos, el resto del mundo no existía.

Jo oyó una voz de advertencia unas cuantas veces, pero no entendía lo que le decía, solo que le hablaba con urgencia.

—No me lo creo.

La voz de Nick sonó somnolienta.

—Son las tres de la madrugada –le dijo besándola en los párpados–. Llevamos aquí seis horas.

«Seis horas», pensó Jo sin darle importancia.

Sin embargo, de repente, como si le hubieran dado en un resorte, se incorporó y comenzó a abrocharse la blusa.

—Seis horas… –dijo como una adolescente a la que fueran a regañar–. Me parece que hemos perdido la noción del tiempo.

Ambos rieron y se besaron.

Al instante, Jo volvió a desearlo, pero, al pensar en el campamento, se le quitaron las ganas.

Tembló de nervios y aceptó su mano para levantarse.

—Estarán durmiendo –la tranquilizó como si le hubiera leído el pensamiento–. Eso no quiere decir que mañana no tengas que soportar las bromas. Yo, desde luego, no me voy a librar. A mis chicos no se les escapa ni una.

–Tienes razón. Supongo que Hazel les habrá dicho que estoy contigo, así que me voy a meter en la cama sin hacer ruido y ya aguantaré las bromas mañana.

Dicho aquello, comenzaron a caminar agarrados de la mano por la carretera que llevaba a Bridger's Summit.

–¿Te arrepientes? –le preguntó Nick.

–Uy, sí, muchísimo –bromeó Jo.

Ambos rieron y se besaron.

Lo cierto era que se sentía tan bien que le parecía que no tocaba el suelo al andar. Habían hecho el amor durante horas y, si por ella hubiera sido, habría seguido. Se había olvidado del sufrimiento y de todo lo demás.

Se dio cuenta de que Nick estaba callado.

Al cabo de un rato, su silencio comenzó a preocuparla.

En su cabeza, se agolparon miles de demonios. El peor, el miedo al día siguiente, pero también el de no volverlo a ver o el de darse cuenta de que solo había sido una chica de una noche.

Lo observó mientras caminaban formando nubes de vaho con sus alientos.

Estaban cerca de la cima y ya se veían las

dos cabañas.

–Creo que será mejor que nos despidamos aquí, en la carretera –sugirió Jo–. No quiero que me pillen contigo. Ya tendré que aguantar bastante mañana. Necesito dormir un poco.

«¿Cuándo te voy a volver a ver?», se preguntó con pesar.

Había actuado de forma imprudente y las imprudencias se pagan. Se habían dejado llevar. ¿Tal vez porque ambos se encontraban solos?

Jo se preguntó si lo que acababa de suceder entre ellos sería serio, algo que pudiera durar.

«¿Ya está?», se preguntó sintiendo un escalofrío por la espalda.

¿Cómo iba a ser su relación a partir de entonces? ¿Volverían a verse ocasionalmente y compartirían otros ratos de lujuria hasta que tuviera que volver a Mystery?

¿Volverían a verse?

¿Sería suficiente eso? Tal vez, tuviera que revisar su opinión sobre las relaciones con los hombres.

¿No sería suficiente una relación sexual y nada más? ¿No sería más fácil no arriesgar el corazón?

Buen sexo sin ataduras. Tal vez, eso fuera

mejor que sufrir como había sufrido por Ned.

Por fin, tras tomar aire, se atrevió a hacer la pregunta.

—¿Cuándo podríamos...?

—Mira, hasta que no termine la temporada de incendios, tengo un horario imprevisible, así que me resulta prácticamente imposible hacer planes, pero me gustaría verte si puedo —le explicó Nick.

Jo sintió un tremendo dolor que le atravesaba el pecho.

Lo que le acababa de decir era que, si le apetecía volver a acostarse con ella, iría a buscarla, pero que nada más.

Le quedaba claro que entre ellos solo había una relación sexual.

«¿Por qué no me siento aliviada, entonces?», se preguntó enfadada consigo misma. «Así mejor. Nada de malentendidos. Todo queda claro desde el principio. Sufrimiento mínimo y placer máximo».

—Ya nos veremos, entonces —dijo disimulando su dolor.

—Sé que Hazel tiene mil actividades programadas, pero hay un café en Stony Rapids. ¿Qué te parece si comemos allí mañana? No tengo que volver a trabajar hasta las seis.

—No sé —murmuró Jo porque no sabía si

podría seguir fingiendo–. Mañana, tenemos un descanso porque Hazel y sus compinches van a bajar a la ciudad a comprar unas cosas...

–Entonces, ¿nos vemos mañana?

–Eso parece, bombero –contestó Jo preguntándose si los planes de comida de Nick incluían una parada técnica en el motel más cercano.

La posibilidad le pareció tan esperpéntica que se estremeció.

No sabía si sería capaz de pasar por semejante situación. Para aquello de tener una relación con sufrimiento mínimo y placer máximo había que tener un corazón de hielo y ella no lo tenía.

–Entre las diez y las diez y media, ¿de acuerdo?

–Muy bien. Que duermas bien –dijo Jo dándose la vuelta para irse.

Nick la agarró del brazo, sin embargo, y la besó.

Jo sabía que debía apartarse, pero no podía. Quería más.

–Nos vemos a las diez – dijo Nick al cabo de un rato.

Jo avanzó hacia las cabañas y volvió a sentir aquel dolor que le atravesaba el alma. Era inútil negar que sentía algo por él, pero lo cierto era que se encontraba en un momento especialmente vulnerable.

Tenía muchas posibilidades de tomar decisiones incorrectas y, desde luego, quedar con él para ir a la ciudad no le parecía la más adecuada.

Sin embargo, sabía que, cuando apareciera a recogerla a las diez, iría con él. La besaría y lo desearía. Con él, el dolor se disipaba, pero sin él aparecería con más fuerza.

Qué situación tan irónica.

Hazel había aleccionado a Kayla sobre el «verdadero propósito» de aquel viaje y ella volvía al campamento en mitad de la noche, a escondidas y oliendo todavía a hombre.

«Estarán dormidas», se dijo mientras se acercaba a su cabaña.

Sabía que explicar lo que había ocurrido no iba a resultar tan fácil porque ni ella lo sabía a ciencia cierta.

Capítulo Doce

De camino a la cabaña, a Jo le pareció que pisaba absolutamente todos los palos que podían hacer ruido.

Aunque les habían dicho que a la mañana siguiente iban a poder dormir un poco más de lo habitual, no quedaban muchas horas para tener que levantarse y sabía que iba a pagar su aventura con cansancio y músculos doloridos.

Aun así, de momento, estaba muy despierta.

Ciertos recuerdos acudieron a su cabeza e hicieron que se le acelerara el pulso.

Sabía que quería volver a acostarse con él.

Con solo recordar su miembro eréctil entrando y saliendo de ella, le entraban ganas de correr tras él y colarse en su saco de dormir.

Pero su actitud de «ya nos veremos cuando podamos» la había dejado tocada.

Era cierto que se debía a su trabajo y que, de momento, había incendios. La verdadera prueba de fuego llegaría una vez terminada la temporada.

Entonces, Nick tendría que dejar claro si

quería una relación seria con ella o si solo había sido una más.

Jo se dio cuenta de que no sabía si podría soportar haber sido una más. Quería ser para él algo más que una noche de buen sexo bajo las estrellas.

Lo cierto era que solo tenía dos opciones: salir corriendo y alejarse del peligro o seguir adelante y dejarse llevar por la pasión y el amor.

A medida que se iba acercando a la cabaña, se dijo que no podía esperar a ver cuáles eran los sentimientos del otro.

En la vida, solo se saben los de uno mismo.

Es más fácil controlar los propios que los del otro, así que debía cortar por lo sano y no volverlo a ver.

Abrió la puerta y no pudo reprimir cierta sensación de culpabilidad.

Obviamente, nadie le iba a preguntar de dónde venía pues era evidente. Debía de llevar tal cara de felicidad que debía de ser como llevar escrito en al cara «lo he hecho».

Al cerrarla, la puerta chirrió, pero nadie se despertó. La cabaña estaba bañada por la luz blanca de la luna que entraba por las ventanas.

Acompañada por las respiraciones de sus compañeras e, intentando no hacer ruido, avanzó hasta su cama.

Los tablones de madera del suelo crujían sin cesar. ¿Por qué todo por la noche se oía mucho más?

Por fin, llegó a su destino, se desvistió y se metió en la cama. Apartó las sábanas y ahuecó la almohada.

–Quítate las pajitas del pelo.

Jo estuvo de dar un grito. Lo último que se esperaba era que alguien hablara.

Para colmo, era Kayla.

Era capaz de haberla esperado despierta para decirle aquello y leerle la cartilla. Jo se sonrojó, pero intentó no hacer caso.

–Supongo que habrás aprendido un montón de cosas sobre las estrellas, ¿eh?, estando tanto tiempo tumbada boca arriba.

–Por favor, déjame en paz...

–Se te notaba desde el primer día que querías acostarte con él –le recriminó la texana–. ¿Te crees que nos habías engañado con tus numeritos?

–Kayla, cállate ya, que quiero dormir –protestó Bonnie.

–¿Yo? ¿Y qué me dices de Jo entrando en mitad de la noche en la cabaña y haciendo ruido?

Bonnie se incorporó.

–¡Qué horror, Kayla! De verdad, eres peor

que una niña pequeña. No creo que haya ninguna virgen presente, ¿verdad? Pues, hala, a dormir –insistió Bonnie.

–¡A ver, jovencitas! –dijo Hazel desde la puerta–. Las mayores queremos dormir un poco.

A Jo le pareció que no estaba enfadada. Más bien, encantada.

–Enterrad las hachas de guerra... por menos, hasta mañana –concluyó antes de despedirse para volver a su cabaña.

Jo esperaba que Kayla empezara de nuevo, pero aparentemente las hostilidades habían cesado.

Se dijo que, por una parte, era mejor así porque ya todo el mundo sabía lo que había pasado con Nick y así se ahorraba el tener que contarlo.

Pronto se durmió pensando en él y en que al día siguiente tendría que decidir si quería volver a verlo.

Exhausto, Nick se quedó dormido prácticamente nada más llegar. Desgraciadamente, al poco rato, alguien lo despertó de forma brusca.

–¡Nick! ¡Despierta, Romeo! ¡Tenemos problemas?

–¿Eh? ¿Qué pasa? –dijo Nick incorporándose y viendo que se trataba de Tom y de Jason.

–Mike Silewski quiere hablar contigo –contestó Jason pasándole la radio.

Atontado, Nick se preguntó quién era aquel hombre. ¡Ah, sí! El jefe de los guardabosques de Bitterroot.

Antes de apretar el botón de la radio, se fijó en que apenas había terminado de amanecer.

–Dime, Mike –lo saludó agotado.

–Madre mía, qué voz tienes –le dijo el otro hombre–. ¿Has pasado una mala noche?

Nick se dio cuenta de que el guardabosques le estaba tomando el pelo. ¿Cómo se habría enterado tan rápido?

–Si no te importa, vamos al grano –contestó Nick.

–Tenemos un foco a unos kilómetros al norte de la cima –le informó Silewski–. Con el viento de anoche, debieron de llegar chispas y esa montaña está llena de árboles viejos que van a arder con mucha facilidad. El problema no sería mayor si no fuera porque Fuerte Libertad está justo en medio.

–Conozco el lugar.

Nick se despertó del todo ante las malas noticias. El histórico Fuerte Libertad había sido construido después de la guerra civil para el sexto de caballería.

Aparte de ser la joya turística de Montana, era un edificio del siglo XIX perfectamente conservado.

De cuando en cuando, también se filmaban películas de Hollywood, lo que dejaba buenos beneficios económicos a la gente de la zona.

—El gobernador nos ha pedido que lo protejamos como sea —continuó Silewski—. Tu equipo va a tener que ir en helicóptero pues no hay una zona segura para saltar en paracaídas. Las órdenes son que hagáis un cortafuegos alrededor del fuerte. Os vais en media hora.

Nick llevaba mucho tiempo siendo bombero como para cuestionar órdenes, pero no pudo evitar sentir una punzada de dolor.

Adiós a la cita con Jo y a lo que quería de ella: conocerla mejor.

—Sé que se suponía que ibais a estar libres más tiempo —se disculpó Silewski—, pero el gobernador está muy preocupado y no tenemos a todos los hombres ocupados.

—Ya sabes que puedes contar con nosotros sin problemas —contestó Nick—. ¿Me podrías hacer un favor, Mike?

—Por supuesto, bombero.

—Voy a dejar un sobre con una nota en

nuestro campamento, en el árbol que tiró un rayo. ¿Podrías llevárselo a las mujeres que están acampadas en Bridger's Summit?

–La rubia de Texas de la que no paran de hablar, ¿eh?

–No, es otra. Te dejaré el nombre puesto en el sobre. Dáselo en mano.

–Me encargas una misión de lo más arriesgada, pero creo que seré capaz de realizarla –bromeó Mike.

–Muchas gracias. Cambio y corto –se despidió Nick.

Mientras Tom y Jason despertaban al resto del equipo, Nick tomó papel y bolígrafo y le escribió una nota a Jo explicándole que había surgido una emergencia, asegurándole que volvería antes de que ella se fuera a Mystery y haciendo hincapié en lo mucho que sentía no poder verla.

Espero que anoche fuera el principio de nuestra relación y no el fin. La temporada de incendios no va a durar para siempre y me gustaría ir a verte a Mystery. Si me dejas, quiero hacerme un huequecito en tu vida, terminó.

Dobló la nota, la metió en un sobre y puso su nombre.

Amargado, no tuvo más remedio que preparar su equipo a salir a cumplir la misión que le habían encomendado.

Mike Silewski aparcó su todoterreno cerca de las cabañas de las mujeres, salió y se quitó las gafas de sol para poder admirar bien a la preciosa mujer que iba hacia él.

Llevaba un cubo de agua y llegaba del riachuelo. Tenía que ser la rubia de la que hablaba todo el mundo.

Tenía unas piernas largas y bronceadas. Imposible no fijarse en ellas pues llevaba unos pantalones tan cortos que dejaban poco a la imaginación.

—¿Lo puedo ayudar en algo? —le preguntó con una sonrisa seductora.

—Eh, hola, sí —contestó Mike tragando saliva.

Entonces, se fijó en otra chica que estaba jugando con una pelota.

—Traigo una nota de Nick Kramer —le explicó—. No es usted Jo Lofton, ¿verdad?

A Mike le pareció que la encantadora sonrisa se desvanecía un segundo, pero se dijo que debía de haber sido un gesto involuntario debido al sol, que le daba en la cara.

—No, soy Kayla —contestó la rubia—. Jo no está, pero le daré la nota cuando vuelva.

—Muy bien —sonrió Mike—. Muchas gracias.

Le dio la nota intentando no fijarse demasiado en su cuerpo. No porque la chica no pareciera encantada con saberse observada, desde luego.

Cuando Mike se hubo ido, Kayla miró a su alrededor por si alguna otra de las mujeres había visto la escena.

Bonnie seguía jugando con la pelota y Jo estaban en el interior de la cabaña.

Kayla se dirigió al puente del riachuelo a toda velocidad. Al llegar, miró el sobre y sintió una mezcla de furia, celos y culpabilidad.

Las dos primeras pudieron con la última y recordó cómo la habían reprendido la noche anterior cuando había sido Jo la que había llegado casi al amanecer.

—¿Quiénes se creen que son para tratarme así? —dijo en voz alta.

Miró de nuevo a su alrededor para asegurarse de que estaba sola, dejó el cubo de agua en el suelo y abrió el sobre.

Capítulo Trece

Jo creía que iba a dormir más de la cuenta por haberse acostado tarde, pero no fue así ya que oyó levantase a Bonnie y a Kayla.

Era muy pronto, pero decidió no fingir que dormía sino levantarse también y hacer de tripas corazón.

Al hacerlo, comprobó que Kayla ya se había ido e incluso había hecho la cama.

—Increíble, ¿verdad? —sonrió Bonnie—. La pequeña texana se ha ido sin hacer ruido. Yo ni me he dado cuenta.

Lo cierto era que la ausencia de Kayla le dio a Jo un respiro que, a la luz del día, decidió que tenía que actuar con cordura.

Decidió que, cuando apareciera Nick a las diez, le iba a decir que la llamara cuando hubiera terminado la temporada de incendios y pudiera plantearse una relación de verdad.

Durante el verano que estuvo con Ned siempre se veía en su apartamento del campus. Jo suponía que era porque no quería que la gente se enterara de que salía con una alumna, pero, en realidad, había sido porque todo lo que necesitaba de ella se hacía en una cama.

Se habría dado cuenta si no hubiera asumido que sentía por ella lo que ella sentía por él.

No pensaba cometer el mismo error con Nick.

—Prefiero decíroslo ahora —les anunció a sus amigas antes de irse a duchar—. Nick se va a pasar luego por aquí.

—Vaya, muchas gracias —bromeó Bonnie—. ¿Y qué pasa conmigo? Al menos, podrías concertarme una cita con Jason, el operador de radio. Es una monada.

Jo salió de la cabaña riéndose.

Allí, se sorprendió al ver a Kayla preparando huevos revueltos en la hoguera.

—El desayuno estará listo en breve —anunció la rubia.

No la había mirado, pero le había hablado con educación. Aquello era lo último que Jo se hubiera esperado tras el altercado de la madrugada.

—Gracias —contestó en un tono neutral.

Se duchó, se lavó el pelo y se puso el único vestido que se había llevado y que era azul de tirantes.

Qué gusto le dio ponerse sandalias en lugar de las duras botas de montaña.

Encantada, incluso se pintó los labios.

Tenía muy claro que, tal vez, después de decirle a Nick que la llamara, no lo volviera a ver, pero al menos su despedida no iba a ser como la de Ned.

No pensaba llorar y suplicar. No, iba a estar guapa y radiante, con todo bajo control hasta que se quedara a solas.

Y solo si nunca la llamaba lo pasaría mal, pero, de momento, no.

Se reunió con las demás para desayunar, pero solo se tomó una taza de café. Eran ya cerca de las diez y Nick estaba a punto de llegar.

Esperaba algún tipo de confrontación con Kayla, pero no ocurrió. Aunque no la miraba a los ojos, la texana no la maltrató con sus preciosas frases despectivas.

¿Sería porque quería hacer las paces? Jo estaría encantada de que así fuera, pero no le cuadraba demasiado. ¿Por qué, de repente, Kayla se levantaba y decidía no seguir haciéndole la vida imposible?

Era cierto que Hazel le había dicho que Kayla tenía su lado bueno.

«Me parece que la he juzgado con demasiada dureza», pensó Jo.

Después de desayunar, Bonnie fue a recoger leña y Kayla, aparentemente incómoda a solas con ella, se metió en la cabaña.

Así que Jo se quedó fuera, rodeada de paz y serenidad.

Al cabo de un rato, comenzó a ponerse nerviosa y, al final, terminó enfadándose. No se le había ocurrido que Nick no fuera a aparecer.

Por alguna estúpida razón, había creído que iba a ser ella quien marcara las pautas de su relación.

Lo último que había esperado era que la dejara tirada justo a la mañana siguiente de haberse acostado.

«Debería de habérmelo temido», pensó. «¿Cómo puedo ser tan ingenua?», se recriminó.

Ned no habría llegado tan lejos si no lo hubiera tomado por un hombre honesto y todo apuntaba a que había hecho exactamente lo mismo con Nick.

A las once, el dolor era insoportable. A las doce menos cuarto, la furia acabó con el dolor.

Se sentía la persona más idiota del mundo y, como le parecía que quedarse fuera esperándolo no hacía más que ponerla en evidencia, decidió entrar en la cabaña.

Se tumbó en la cama e hizo como que leía.

–No creo que Hazel y las demás tarden mucho en volver –comentó Bonnie–. ¿Por qué no bajas al campamento a buscar a Nick?

–Supongo que se habrá dormido –contestó Jo intentando disimular–. Ya vendrá luego. Tenemos que hablar.

Bonnie sonrió y le dedicó una mirada cargada de piedad.

¿Por qué les habría dicho que Nick iba a ir a las diez? Había quedado como una boba y, para colmo, Bonnie se compadecía de ella.

Menos mal que Kayla no había abierto la boca. Estaba con los auriculares de música puestos y pintándose las uñas. Ni la había mirado.

Jo fingió un rato más que estaba leyendo, pero ni veía las letras que tenía ante sí. Sentía unas inmensas ganas de llorar, pero consiguió controlarse.

«No montes el numerito», se dijo.

No entendía qué había ocurrido. Nick se había mostrado de lo más cariñoso y solícito con ella y, de repente, no aparecía.

El silencio comenzó a hacerse incómodo y Bonnie decidió romperlo.

–¿Estás nerviosa con lo del descenso? –le preguntó–. Yo estoy que me muero. Es pasado mañana.

–Yo también –contestó Jo aunque ni se lo había planteado.

–El Tobogán. Menudo nombre tiene el sitio. Desde luego…

–Sí, Nick dice que… –se interrumpió al darse cuenta de que estaba hablando de él, pero decidió que debía terminar la frase–. Dice que a Hazel le encanta meternos miedo y que no es para tanto. De hecho, él dice que este río es muy recomendable para hacer rafting.

–Sí, claro, pero mira quién lo dice. Un hombre acostumbrado a apagar fuegos saltando desde un avión –apuntó Bonnie haciendo como que no se había dado cuenta de nada–. En cuanto a Hazel, es de hierro. A pesar de su edad, es una McCallum y eso son palabras mayores. Se atreve con todo.

–Tú tampoco lo has hecho mal –apuntó Jo deseando dejar de hablar de Nick–. Ya verás como nos lo pasamos de maravilla.

Se sorprendió a sí misma actuando con naturalidad a pesar del agobio existencial que sentía en su interior.

La realidad era que lo último que le interesaba en aquellos momentos era el descenso que iban a hacer.

Lo único que quería era hablar con Nick. ¿Por qué no aparecía y le explicaba qué le había pasado para no haber ido a las diez?

Entonces, oyó las ruedas de un coche sobre la gravilla y sintió que se le aceleraba el corazón, pero pronto oyó las voces de Hazel y de Dottie que volvían de la ciudad.

Hazel y Dottie salían del supermercado en la ciudad cuando pasó un autobús del servicio de guardabosques lleno de bomberos.

Iba hacia el este, no hacia las montañas y no iban vestidos con el uniforme normal sino de calle, como si se fueran de viaje.

Al volver al campamento, Hazel decidió salir a patrullar y no hizo falta que Dottie le preguntara dónde iba.

Hazel bajó por el sendero hasta el campamento de los bomberos. Dobló el último recodo y la decepción se hizo patente en su rostro.

No había nada ni nadie. Solo quedaban las marcas de las tiendas de campaña sobre el césped.

¿Nick se había ido? No podía ser. ¿Había puesto tierra de por medio, como muchos de sus vaqueros tras seducir a una mujer?

No podía creer algo así de Nick. Parecía un hombre sincero y honrado.

¿Se habría equivocado con él?

«Quería que Jo no se aislara del mundo y se lanzara a una relación y, tal vez, no tendría que haber forzado nada», se recriminó.

–Ha cortado amarras y se ha ido, ¿eh?

Al oír la voz de Jo detrás de ella, Hazel se giró y vio la cara de dolor de su amiga.

–No saques conclusiones precipitadas, cariño –intentó consolarla.

–Hazel, nos ha engañado a las dos –apuntó Jo.

–¿Por qué no esperas un poco antes de colgarle el cartel de mala persona?

Jo intentó sonreír, pero no lo consiguió.

–Si solo hubiera querido sexo, ¿por qué no se fue con Kayla desde el principio? ¿Por qué te eligió a ti?

–Por ver si me podía conseguir, Hazel. Porque me tomó como un desafío.

Hazel sintió una profunda pena al oír las palabras de Jo pues, bien mirado, podía tener razón.

–Lo que más me duele –confesó Jo– es que, de verdad, creía que entre nosotros había surgido una conexión emocional. Para morirse de risa, ¿eh? Bueno, para mí fue tan especial acostarme con él por eso. El mismo estúpido error que cometí con Ned y que me juré que jamás volvería a cometer.

–Jo, no deberías…

–Pero lo hago. Jo Lofton, la profesora de música que nunca aprenderá que no es Miss Montana y que las bobas como yo solo interesamos para pasarlo bien un rato –la interrumpió burlándose de sí misma con amargura–. Los hombres no buscan nada más en mí. Luego, se van a por la siguiente o vuelven a casa con su mujercita.

Hazel le pasó un brazo por los hombros y la abrazó. Aunque se negaba a creer que Nick pudiera ser así, admitía que había posibilidades de que así fuera.

«Al final, los historiadores pesimistas van a tener razón y va a resultar que los hombres, como las civilizaciones, cometemos una y otra vez los mismos errores», pensó.

–Me doy cuenta perfectamente de lo que ha pasado –dijo Jo al borde de las lágrimas–, pero no quiero admitírmelo a mí misma. ¿Por qué?

–Porque eres una mujer maravillosa que cree en el amor –le contestó Hazel sinceramente–. Y porque confías en los demás, algo que no es muy común. Te voy a decir que espero que no cambies nunca.

–Hazel, por favor, no me digas eso. Tengo que cambiar. No puedo con tanta… con tanta…

No pudo seguir pues se le quebró la voz y

comenzó a llorar con desconsuelo. Hazel, sintiéndose culpable por haber propiciado aquella situación, la abrazó con fuerza.

«La culpa de todo esto la tengo yo y no Nick. He antepuesto mi sueño de ver matrimonios jóvenes con hijos en Mystery al bienestar emocional de Jo», se dijo.

Tendría que haber elegido a un candidato mejor.

Había fallado.

«He arrastrado a Jo al infierno del desamor y a la tortura de la traición», se dijo con hondo pesar.

–Vamos, me parece que a las dos nos va a venir bien mantenernos ocupadas –propuso.

Capítulo Catorce

En cuanto aterrizó en los alrededores de Fuerte Libertad, el equipo de Nick se puso manos a la obra para construir el cortafuegos.

Era una tarea ardua que, además, había que hacer con prontitud pues el fuego cada vez se acercaba más.

Nick dividió al equipo en dos grupos de seis hombres que se sustituían unos a otros en turnos de una hora.

Sabía por experiencia que un grupo de seis hombres descansados trabajaba mejor que uno de doce cansado.

A pesar de intenso esfuerzo, no podía parar de pensar en Jo.

«Menuda suerte he tenido», pensó.

Aquella mujer era la perfecta, la que estaba esperando para casarse. Estaba decidido a ello, pero el cortafuegos se había interpuesto en su camino.

Se sentía como niño con zapatos nuevos, pero los adultos se habían empeñado en no dejarle estrenarlos.

Menos mal que le había podido hacer llegar la nota. Aun así, tenía la sensación de haberla dejado plantada por no haber ido a la cita.

Se moría por estar con ella y por saber más cosas acerca de su personalidad. La espera se le estaba haciendo interminable.

Maldijo su trabajo porque lo estaba separando de ella como había hecho con Karen.

–Este trabajo es estupendo si odias a las mujeres –comentó durante una de las horas que le tocó descansar.

–No te hagas sangre, hombre –le contestó Jason–. Tu preciosidad va a estar exactamente donde la dejaste cuando volvamos.

Jason, cuatro compañeros más y él estaban comiendo en el escueto campamento que habían montado.

–Eso espero –dijo Nick completamente sudado–. Si el viento arrecia, podríamos estar aquí varios días y no coincidiría con ella.

Las autoridades de Copper Mountain les habían ordenado quedarse allí hasta que llegara su relevo y Nick no tenía ni idea de cuándo iba a ser aquello. Los incendios eran impredecibles.

–Bueno, si se ha ido, sabes dónde vive, ¿no?

–Sí –contestó Nick aliviado–. Vive en Mystery. Nunca he estado, pero Jo me ha contado que es un pueblo pequeño, así que no creo que me fuera difícil dar con ella. No creo que haya veinte profesoras de música.

Tras un rato pensando en ella, Nick se dio cuenta de que lo que realmente lo tenía preocupado era saber qué sentía y se dijo que había vuelto a buscar una buena razón para dejar su estilo de vida nómada y echar raíces en algún sitio.

«Tengo que afrontar que jamás voy a encontrar lo que nunca he tenido si no paro de huir», se dijo.

No quería huir de Jo. Era la primera mujer por la que había sentido lo que sentía. En su día, había querido casarse con Karen, pero todas las citas a las que no había ido y todas las guardias que había hecho voluntariamente lejos de ella habían sido una huida.

Le había atraído la idea de casarse, pero, mirando hacia atrás, se daba cuenta de que Karen no era la mujer indicaba. Por eso, se hartó de esperarlo.

Jo era diferente. Era la «buena razón» que llevaba toda la vida buscando, pero temía no estar a la altura de las circunstancias.

Una relación seria y un matrimonio implicaban seguridad, confianza y compromiso, tres cosas que no había conocido.

De hecho, cuando Karen lo hizo elegir entre ella y su trabajo, había elegido el trabajo por miedo.

Sin embargo, lo que sentía por Jo era más fuerte y estaba seguro de poder vencer ese miedo.

¿Sentiría ella lo mismo por él? Desde luego, hacer el amor con ella había sido una experiencia maravillosa, pero Nick no sabía si Jo buscaba lo mismo que él.

No era ningún experto en psicología femenina, pero de Karen había aprendido una cosa: las mujeres suelen tener el poder de decidir si una relación tiene posibilidades o no.

–Baker uno, aquí Baker dos –dijo la voz de Mike Silewski por la radio.

Nick contestó desde el equipo de Jason.

–Baker dos, aquí Baker uno. Te oigo alto y claro, Mike.

–¿Qué tal van las cosas por ahí, chicos? El gobernador no para de llamarnos. Está muy preocupado.

–Dile que se calme, que los profesionales tienen la situación bajo control. Por cierto, ¿has entregado la nota?

–Sí, quédate tranquilo, que la he entregado. Os estáis perdiendo a unas monadas, chicos. Esa chica rubia de Texas es un bombón. Me parece que me voy a volver a pasar por ahí mientras vosotros os achicharráis los traseros.

Jason maldijo y tomó la radio.

—No nos ves, pero aquí estamos todos levantando el dedito en tu honor —le dijo.

—Sí, sí, mucho dedito, pero yo estoy aquí y vosotros, no. Cambio y corto.

—Vamos allá, chicos —dijo Nick mirando el reloj.

Nick sabía que lo último que necesitaba un bombero de servicio era pensar en una mujer, pero no podía evitar pensar en Jo. Era consciente de que se estaba metiendo en una situación peligrosa con un buen talón de Aquiles.

Aun así, no podía hacer que abandonara su mente y no deseaba que abandonara su vida.

Tras comprobar que Nick y su equipo habían volado, Hazel y Jo volvieron a su campamento.

—Vamos a ir al río para que no pienses en él —la consoló Hazel—. Sé que no es el plan de tu vida, pero será mejor que quedarse lloriqueando por él por los rincones.

Después de comer y antes de bajar al río, estuvieron practicando rescates de emergencia para el descenso que las esperaba dos días después, que iban a realizar en la parte más intrincada del río, llamada el Tobogán, y que duraba tres cuartos de hora.

Jo intentó verdaderamente meterse en su papel, pero le costó muchísimo y no se acababa de concentrar. Le parecía que era una actriz fingiendo que se lo estaba pasando bien.

–Se le debe de haber pasado el síndrome premenstrual –le dijo Bonnie al oído.

Jo sabía que se refería a Kayla, que para asombro de todas estaba la mar de solícita y cooperativa.

–Será eso porque a mí no me ha vuelto a decir nada –contestó Jo.

En ese momento, hablando del síndrome premenstrual, se dio cuenta de que no sabía exactamente si se había tomado la píldora todos los días.

Desde que había terminado con Ned, la había seguido tomando, pero no con una precisión exacta porque lo único que buscaba era acabar la caja.

Mientras había tenido a Nick cerca, no se había preocupado, pero ahora que era evidente que la había dejado plantada sintió miedo.

«Por favor, que no me haya quedado embarazada», rezó.

–Ese fuego es nuevo –apuntó Hazel señalando una columna de humo–. No creo que estemos en peligro pues no nos han dicho que tengamos que irnos, pero tenemos que tener cuidado.

En aquellos momentos, lo último que le interesaba a Jo eran los incendios. Ya tenía bastante con recriminarse a sí misma tanta estupidez.

Debería haber escuchado a la voz de su conciencia, que le advirtió de que no se enamorara de Nick porque no tenía nada que hacer.

De repente, se le antojó que todos aquellos que buscaban en ella lo que tenía su madre y no lo encontraban tenían razón.

Lo vio con claridad y le dolió como si una daga le atravesara el corazón. Se le nubló la mirada, pero, haciendo un gran esfuerzo, consiguió no llorar.

Los hombres podían sentirse atraídos sexualmente por ella, pero no tenía lo que había que tener, como su madre, para retenerlos a su lado.

¿Y cómo conseguir aquel carisma especial? No creía que fuera fácil, por no decir imposible, así que decidió que la única medida efectiva iba a ser no volver a tener nada con un hombre jamás.

Se había acabado que un hombre casado la engañara, se había acabado hacer el amor bajo las estrellas con un desconocido.

Le había encantado la experiencia y estaba segura de que a él también, pero parecía que los hombres no se quedaban tan colgados después de algo así como las mujeres.

–¡Jo! ¿Nos ayudas o qué? –dijo Bonnie devolviéndola a la realidad–. Esto no es precisamente una bañera, ¿sabes?

Con cierta culpabilidad, Jo se dio cuenta de que habían llegado a los rápidos y que, si no echaba una mano, manejar la balsa era muy difícil.

–Perdón –dijo remando con fuerza.

–No pasa nada, pero procura concentrarte –dijo Bonnie–. Pasado mañana, no será un ejercicio de práctica. Vamos a tener que esforzarnos todas al máximo, sin distracciones.

Jo se avergonzó de su torpeza y estuvo concentrada durante la siguiente hora y media.

–Buen trabajo –las felicitó Hazel mientras subían a pie hacia el campamento para cambiarse y ponerse ropa seca–. Hoy no ha habido rocas, pero no olvidéis que en el Tobogán os vais a encontrar unas enormes en el centro. Como os ha dicho Dottie, si os caéis, no luchéis contra la corriente. Dejaos llevar y la propia corriente os hará bordearlas.

«No lo voy a olvidar. Sé lo horrible que es chocarse contra una roca», pensó Jo temblando al sentir el viento en la piel mojada.

No temía el descenso porque sobrevivir al temido Tobogán no le parecía nada comparado con sobrevivir al dolor de su corazón.

Capítulo Quince

—¡Aquí llega la caballería, chicos! –gritó Nick–. ¡Salvados por los canadienses!

Su equipo estaba junto al cortafuegos que habían terminado cuando apareció un helicóptero con bomberos de elite de Alberta que venían a relevarlos.

–¿Y ahora qué? –se quejó Tom Albers–. ¿De vuelta al sector uno sin un solo día de descanso?

El sector uno comprendía la Montaña Lookout y el Cañón del Caballo.

Normalmente, después de haber trabajado día y noche en una misión especial como había sido aquella, solían tener por lo menos un día libre.

Sin embargo, la estación meteorológica de Paso del Águila había previsto un cambio de dirección del viento en la zona de Bitterroot.

Aquello era un peligro espantoso pues podía significar un incendio gigantesco. Pequeños focos casi extinguidos podían tomar fuerza de nuevo y convertirse en incendios descontrolados en cuestión de pocas horas.

—¿Tú crees que nuestro jefe quiere tener un día libre? —bromeó Jason—. Está enamorado, chico. Está que pega brincos de alegría ante la posibilidad de volver a ver a su profesora de música.

«Suponiendo que siga allí», pensó Nick sin molestarse en contestar a su segundo y a su operador de radio.

Jo le había dicho que al día siguiente iban a hacer un descenso un tanto difícil, así que tenían que seguir allí.

¿Y si se hubieran ido antes de lo previsto tras haberse enterado del peligro de incendio? Nick no sabía si se habían puesto en marcha planes de evacuación.

¿Y si Jo había cambiado de opinión? Había sido realmente mala suerte tener que separarse justo después de haber hecho el amor.

En cuanto los canadienses se hicieron cargo de la situación, Nick ordenó a Jason que llamara por radio para ver cómo iban a salir ellos de allí.

En pocas horas, sus chicos y él estaban acampando de nuevo junto a Bridger's Summit.

—Tenemos seis horas de luz y hay que ir a ver cómo está el bosque situado al norte del cañón –anunció–. Debido a la topografía del lugar, si el viento cambia de dirección, esa zona se convertirá en una chimenea. Vamos a ir a limpiarla. No tenemos mucho tiempo, así que llegaremos en helicóptero. Estad preparados en veinte minutos.

En veinte minutos le daría tiempo de subir corriendo al campamento de las chicas para ver si Jo estaba por allí.

No estaba.

Las dos cabañas estaban vacías, pero los tres coche seguían ahí. Eso quería decir que no se habían ido definitivamente.

Decepcionado, le dejó una nota escrita en un ticket de la compra.

Jo, he venido a verte. Me volveré a pasar más tarde. Nick.

Miró a su alrededor para ver dónde la dejaba y lo hizo sobre la mesa de picnic con una piedra encima.

Era un fastidio dejar una nota tan impersonal cuando lo que salía en realidad era ponerle «Te quiero, Nick». Sin embargo, decidió que prefería decírselo en persona que dejárselo por escrito.

Se apresuró en volver a su campamento y llegó justo a tiempo para montarse en el helicóptero que lo llevaba de nuevo a trabajar.

–¡Más despacio, Jo! –gritó Hazel–. ¡Que las viejas no te podemos seguir!

–Las jóvenes, tampoco –apuntó Bonnie–. ¿Qué te pasa de repente, Lofton? ¿Te estás entrenando para las Olimpiadas?

Jo se paró para que las demás pudiera alcanzarla y se dio cuenta de que la situación se había invertido desde el primer día, cuando era ella la que corría para mantener el ritmo de Hazel.

Claro que ella lo hacía de forma deliberada. Tras haber estado un rato compadeciéndose por cómo se había ido Nick del parque, había decidido hacer de tripas corazón.

Aunque su tórrido encuentro con él no hubiera sido lo más inteligente que había hecho en su vida, no podía pasarse todo el día lamentándose, así que estaba decidida a seguir adelante sin mirar atrás.

Por eso, se había lanzado a las actividades deportivas con tanta fuerza, para olvidarse de Nick y justificar la confianza que Hazel tenía en ella.

Era su noveno día allí y les quedaba solo uno para el gran examen, como lo llamaba Hazel. Era una prueba destinada a infundirles seguridad en sí mismas y para aprender a defenderse en la Naturaleza.

Por la mañana, tuvieron que realizar un circuito que consistía en correr, escalar, saltar obstáculos, pasar por encima de maderos, subir redes y tirarse desde un puente atadas a una soga.

Aunque complicadas, todas las actividades eran perfectamente seguras y ayudaron a Jo a mantener la mente entretenida.

Sin embargo, al parar para comer no pudo evitar pensar en él, recordar sus caricias, su cara, cómo la había amado y cómo la había abandonado llevándose su corazón a pesar de los pesares.

—Jo —dijo Hazel yendo a su lado—, bebe un poco de agua y baja un poco el ritmo. Estás acelerada.

Habían parado a comer en un claro situado en la ladera occidental de la montaña.

—¿Nos has traído para hacernos fuertes o para hacer de mamá gallina con nosotras? —le espetó Jo.

Sorprendentemente, Hazel no supo qué decir y se retiró.

Después de comer, hicieron una ruta a pie de tres horas que las llevó al fondo del cañón, a un antiguo campamento indio.

—Todas las guías turísticas hablan de este lugar —les explicó Hazel—. Era un campamento de verano de los pies negros en el que se dedicaban a ahumar y secar pescado para el invierno. Nosotras lo vamos a hacer también, exactamente en las mismas piedras que ellas. Ya veréis qué divertido es.

Jo preguntó varias cosas y mostró un entusiasmo que sabía excesivo, pero lo necesitaba. Las demás también se dieron cuenta y Jo se percató de que se miraban unas a otras, o eso le pareció a ella.

Odiaba que le tuvieran lástima. Sobre todo, Hazel.

—En este lado no hay mucho humo —comentó Dottie cuando se estaban preparando para volver—, pero mira cómo está la zona del río.

—Sí, ya me he dado cuenta —contestó Hazel—. Hoy nos hemos ido muy pronto y no me ha dado tiempo de oír el parte informativo sobre los incendios.

No mencionó que, antes, cuando habían oído helicópteros, se le había ocurrido que, tal vez, Nick siguiera por allí.

No pensaba decirlo pues había decidido dejar que la situación avanzara sola.

—Ya lo oiremos esta noche —apuntó Stella—. Si hay peligro, suspenderemos el descenso de mañana.

—Ya hay peligro —apuntó Hazel mirando a Kayla, que estaba lavando los utensilios que habían utilizado en el río–. Peligros humanos, quiero decir.

–Estás pensando lo mismo que yo, ¿verdad? –remarcó Dottie–. ¿Qué ha hecho que Kayla se comporte desde un par de días como un ser normal?

–No sé... ¿Será que se siente culpable?

–Eh, vosotras dos –protestó Stella–. ¿Qué sabéis que yo no sé?

–Nada que no sea evidente –contestó Hazel–. No sé qué va a pasar, pero tenemos que estar atentas porque me temo que aquí va a estallar algo.

Cuando llegaron a su campamento, estaba atardeciendo y el sol era una gran bola de fuego sobre las cabañas.

Jo estaba deshaciendo su mochila cuando Hazel entró y le dio un papel.

–Me lo he encontrado sobre la mesa de picnic –le dijo.

Con el corazón latiéndole aceleradamente, Jo lo tomó y lo leyó. Así que quería verla, ¿eh? Claro, tenía ganas de repetir una noche de sexo loco y ella era la opción más fácil, ¿verdad?

Aquello la enfureció hasta límites insospechados.

Mucho después, cuando ya nada de aquello importaba, comprendió que fue su extraño estado de ánimo, entre exhausto, agresivo, enfadado y dolido, lo que causó lo que ocurrió aquella noche.

A pesar del alivio que le supuso saber que Nick no se había ido, la había decepcionado por completo.

—Muy bien —dijo arrugando la nota y metiéndosela en un bolsillo—. Así que se ha pasado por aquí. Ya, ¿y qué? ¿Quiere una medalla de oro por ello?

—No, quiere verte —contestó Hazel.

—¿Verme? Claro que quiere verme, pero yo quiero saber dónde estuvo hace dos días.

—Eso se lo vas a tener que preguntar a él.

—¿Qué tengo que preguntar? Estaba lista, esperándolo y no apareció.

—Cariño, no sabes...

—Hay que ir a buscar agua para la cena —la interrumpió Jo—. Ahora vuelvo.

«Claro que lo sé», pensó mientras salía de la cabaña muy enfadada. «Sé todo lo que hay que saber sobre ser la prioridad sexual de un hombre».

Tras la complicidad física y emocional que creía haber compartido con Nick, no había nada sobre la faz de la Tierra que justificara que no le hubiera explicado por qué no había aparecido a la mañana siguiente.

Aquella falta de tacto le parecía inconcebible e imperdonable. Punto y final. Mejor sola que mal acompañada.

Iba tan absorta en sus pensamientos que no se dio cuenta de que estaba anocheciendo. Al ir a cruzar el puente, oyó una voz conocida a sus espaldas.

–¡Jo, acabo de estar en tu campamento y Hazel me ha dicho que habías venido al río a buscar agua!

Jo se dio la vuelta y se encontró con Nick, que iba hacia ella con una sonrisa incierta prendida del rostro.

Con la poca luz que quedaba, su cara se le antojó más pálida de lo normal y su mirada curiosa e incompleta.

Eso le pasaba por acostarse con un desconocido y aquel dolor que sentía era su recompensa.

–Efectivamente –contestó mirándolo fijamente.

Cuando lo tuvo al lado, vio lo cansado y sudado que estaba. Sin duda, había estado trabajando duro.

–¿Estás bien? –le preguntó a pesar del resentimiento.

–Sí, ya sé que tengo un aspecto horrible –se excusó Nick.

Se inclinó y fue a besarla, pero Jo le quitó la cara.

—¿Qué te pasa? —le preguntó él.

—Nada —contestó Jo.

Nick la miró unos segundos.

—Quieres dejarlo, ¿verdad? —le preguntó con tristeza.

Jo suspiró internamente. Estaba decidida a no volver a cometer una locura y no podía permitir que la engañara. No pensaba decirle por nada del mundo que lo último que quería era dejarlo.

Era él quien tenía que llevar las riendas de aquella conversación. Hasta que no supiera que quería algo más de ella aparte de sexo, Jo estaba decidida a mantener tanto la boca como las piernas cerradas.

Ocultando su dolor y su rabia, se dirigió a la bomba de agua, pero Nick le puso la mano en el hombro.

—Te dieron mi nota, ¿verdad? —le preguntó.

—Sí, gracias —contestó Jo quitándole la mano y mirándolo con ira.

—Entonces, ¿qué te pasa? —preguntó Nick confuso.

—Simplemente, que lo he pensado y no es esto lo que quiero —contestó Jo decidida a no dejar que sus sentimientos afloraran hasta no estar bien lejos de él.

—¿Y qué es lo que quieres? —preguntó Nick con decisión.

—No quiero ser injusta, pero quiero... quiero... —se interrumpió y se giró para mirar al horizonte y no llorar—. Quiero a alguien un poco más estable, creo.

Nick se acercó y se apretó contra su espalda y la tomó de la cintura. Inmediatamente, Jo sintió el deseo bullir dentro de sí. Lo cierto era que lo deseaba, sudado y sucio y todo lo demás daba igual.

Estaba claro que Nick sabía más que ella. Ya le había dicho que nunca podrían ser amigos porque el sexo siempre se iba a interponer entre ellos.

Lo malo era que el sexo no era suficiente cuando una quería amor y compromiso.

—Mira, mi vida nunca ha sido estable —dijo Nick apoyando la mejilla en su pelo—. Nunca he tenido nada y estoy acostumbrado a ello, pero eso no quiere decir que no quiera algo más. Quiero que sepas que podría con más si lo tuviera.

Jo no se lo podía creer. Estaba hablando como quien habla de comer caramelos, como quien dice que podría comerse varios kilos de dulces.

Aquel era el castigo que se merecía por su

imprudencia, por haber buscado compañía en un hombre que no era el adecuado.

El dolor que sentía le estaba bien empleado y se lo había buscado ella solita. Nick Kramer era como era y ella no podía pretender cambiarlo y hacerlo querer algo que no quería.

«Por eso, es mejor terminar con esto aquí y ahora», decidió.

No quería darle otra oportunidad de acabar con su corazón.

—No quiero ser el puerto donde recales durante la tormenta, ¿sabes? —le espetó soltándose de él y sin mirarlo para que no viera que las lágrimas le resbalaban por las mejillas—. No tienes nada que temer, marinero, pues siempre hay otros puertos —añadió girándose para volver a la cabaña pues se le estaba quebrando la voz y quería alejarse de él.

—Napoleón tenía razón —le gritó Nick enfurecido y dolido—. «La única victoria en el amor es alejarse de él».

Capítulo Dieciséis

Jo no pensó mucho en el descenso que las esperaba al alba de su último día en el Parque Nacional Bitterroot.

Sabía que era la prueba definitiva tras aquellos días de contacto con la Naturaleza, pero se lo tomó simplemente como algo que le mantenía la cabeza ocupada.

No quería pensar en Nick Kramer ni en el tormento emocional por el que estaba pasando.

No quería echarlo de su vida, pero tampoco estaba dispuesta a recibirlo con los brazos abiertos después de lo que había hecho.

El deseo se mezclaba con la rabia y ninguna de las dos sensaciones ganaba. Estaban en un horrible empate de indecisión.

El grupo salió hacia el río sin escuchar el parte sobre el estado de los incendios en la zona.

—«Interrumpimos la programación para avisar de que las condiciones climatológicas en el Parque Nacional Bitterroot han cambiado bruscamente y que el riesgo de incendios de dimensiones catastróficas es enorme. Por ello, todos los visitantes que estén cerca del Cañón del Caballo y los habitantes de la zona de Hanover Creek van a ser evacuados inmediatamente».

Poco después de saberlo, Mike Silewski se presentó en el campamento femenino para decírselo en persona, pero se encontró con que no había nadie.

Recorrió los alrededores, pero no las encontró. Entonces, decidió dejar una orden de evacuación en la puerta de cada cabaña y avisar a Nick.

—Jason —dijo por radio—, avisa a Nick. Creo que tenemos una situación difícil entre manos.

—Allá van —dijo Dottie observando cómo desaparecían las jóvenes río abajo—. Pronto llegarán a los primeros rápidos.

—Lo van a hacer de maravilla —dijo Hazel mientras las tres mayores volvían al campamento—. Este es el mejor grupo de chicas que hemos traído al parque, ¿verdad?

—Mira quién viene por ahí —comentó Stella.

—Nick Kramer —apuntó Hazel observando al bombero bajar corriendo por el sendero acompañado por tres compañeros—. Me va a oír.

Pero Nick no le dio oportunidad porque empezó a hablar de inmediato, sin ni siquiera saludarlas.

–Estamos evacuando el parque. Se ha producido un cambio de viento en el cañón norte y hay incendios por toda esa zona. ¿Dónde están las chicas?

Hazel sintió pánico y miró a sus dos amigas con ojos angustiados.

–Oh, no –dijo Nick al darse cuenta de que ya se habían ido.

–Acaban de salir –contestó Hazel–. Ya no hay forma de pararlas.

–Te voy a hablar claro –dijo Nick–. El lado norte del cañón hay árboles viejos que arden como paja si el viento cambia de dirección. Aunque estén en el agua, no se van a salvar pues una vez que se hayan quemado los árboles más grandes será imposible respirar en el fondo del cañón porque no habrá oxígeno.

«Se van a asfixiar», pensó Hazel horrorizada.

Sintió una inmensa culpa, pero, dándose cuenta de que no le servía de nada, decidió ayudar en lo que fuera posible.

–¿Y qué vamos a hacer? –preguntó.

–Voy a ir a la Roca del Monumento. Es el último lugar desde el que podremos agarrarlas antes de que se metan en el Tobogán. Si pasan por allí, van directamente al fondo del cañón y sacarlas de ahí será imposible pues solo tienen una pared de piedra a cada lado.

Hazel asintió.

–Muy bien. Íbamos de vuelta al campamento para ir en coche hacia allí.

–Estupendo –dijo Nick–. Vamos con vosotras, pero una vez allí nos esperaréis en un lugar seguro, detrás de los árboles, mientras nosotros bajamos al río.

–En esa zona, irán ya a bastante velocidad –intervino Tom Albers–. Espero que el humo no sea muy espeso porque, de lo contrario, no nos van a ver.

–Tiraremos una cuerda –decidió Nick mientras todos corrían hacia los coches.

–No podemos permitir que no nos vean. Tal y como está ardiendo la zona, no sobrevivirían.

Las chicas habían pasado dos zonas de rápidos en una hora e iban bastante confiadas.

–Esto es muy fácil –gritó Bonnie–, pero mira ese humo denso y negro que tenemos delante.

–Sí, no lo había visto, pero a medida que nos vamos acercando es cada vez peor.

–Cuando doblemos el próximo recodo,

veremos de qué se trata –intervino Kayla–. Desde ese punto, se ve todo el cañón.

Siguieron remando con destreza como habían hecho desde el principio. De hecho, no se habían caído una sola vez y se habían reído como niñas pequeñas ante la emoción del trayecto.

Aun así, Jo no podía dejar de pensar en Nick, pero estaba empezando a asumir que una encina no da higos y que un hombre narcisista solo se quiere a sí mismo.

–¡Preparadas! –gritó Bonnie cuando estaban a punto de llegar al último recodo–. ¡Se oyen más rápidos!

–¡Dios mío! –gritó Kayla al ver todo el cañón bajo ellas envuelto en llamas.

–¡No podemos seguir! –exclamó Bonnie–. ¿Qué hacemos, Jo? –añadió presa del pánico.

Jo observó los árboles carbonizándose y las llamas lamiendo las paredes del cañón.

–¡No podemos seguir! –repitió Bonnie–. El fuego está saltando el río.

–No podemos salir del río –contestó Jo–. Las paredes son demasiado escarpadas, pero cada metro que avanzamos hacia el Tobogán más velocidad tomamos, así que vamos a tener que intentarlo. En cuanto veamos un zona menos difícil de acceder, remaremos hacia ella.

En ese momento, entraron en una nube de humo gris que las hizo toser y presentir una muerte terrible.

Capítulo Diecisiete

—**M**uy bien, Hazel –dijo Nick–, no paséis de aquí, ¿de acuerdo? No vayáis más allá de los árboles. Toda esta zona podría salir por los aires como cohetes descontrolados –añadió bajándose del coche del Hazel junto con Tom.

Jason y Brian se reunieron con ellos tras bajarse del de Dottie.

–¡Mirad! –exclamó Jason señalando a un helicóptero de noticias que estaba sobrevolando la zona–. Los muy canallas han debido de oírnos hablar por radio y aquí están.

Ante ellos, se erigían enormes rocas. La más alta de ellas era la llamada Roca del Monumento y a unos cincuenta metros de ella comenzaba el descenso conocido como el Tobogán.

Era su última oportunidad de salvar a las chicas de una muerte segura. Sin oxígeno, un ser humano no vivía más que unos pocos minutos.

La única esperanza que tenían era poder sacarlas de allí antes de que se hubieran quedado sin él. Nick rezó para llegar a tiempo.

Avanzó corriendo entre los árboles con sus tres compañeros. Todo iba bien hasta que Jason les advirtió que corrían ellos también peligro de muerte.

–¡Nick, el fuego nos está cerrando la salida! –le gritó.

Nick sintió que el corazón se le salía del pecho y que su cuerpo no acertaba a producir suficiente adrenalina. Todo bombero sabía que no debía permitir que el fuego le cortara la salida hacia la salvación.

Las instrucciones en aquellos casos eran precisas: abandonar.

Pero Nick no podía hacerlo. ¿Cómo iba a dejar que la mujer a la que amaba muriera sin él intentar salvarla? No podría vivir con ello.

Comenzó a toser a medida que se acercaban al humo. Nick miró a sus compañeros y se dio cuenta de que estaban pensando lo mismo que él. El incendio del Cañón Sur se había cobrado la vida de varios bomberos que, precisamente, habían dejado que los llamas les cerraran la salida.

–¡Salid de aquí! –les gritó–. ¡No se os paga para acometer misiones suicidas!

–¿Te quieres llevar toda la gloria o qué? –contestó Tom–. ¡Vamos allá!

No tenían mucho tiempo.

A medida que se iban acercando al río, se fueron encontrando con más llamas que les obligaron a ir serpenteando y buscando rutas seguras.

Nick temía no llegar a tiempo pues las llamas los estaban retrasando al no permitirles avanzar en línea recta.

—¡Poneos las capas y seguidme! —gritó a sus compañeros dispuesto a atravesar la pared de fuego.

—¡Me voy a tirar! —gritó Kayla—. Es la única posibilidad que tenemos.

—¡No! —le gritó Jo—. La corriente te arrastraría justo al fondo del cañón.

—Tenemos chalecos salvavidas y...

—¡No, Kayla, no! —gritó Bonnie—. Jo tiene razón. Mira cómo son las orillas. Aunque pudieras llegar hasta ellas, no podría escalarlas. Estás mejor en la balsa.

—¡Por lo menos es una idea! —contestó Kayla histérica—. Aquí lo único que hacemos es ir a una muerte segura.

—Hay una manera de intentar salir de aquí, pero vamos a tener que trabajar todas en equipo, ¿lo entiendes, Kayla? —le increpó Jo—. Cuando lleguemos a la Roca del Monumento, solo vamos a disponer de una oportunidad para salir del agua. Tal y como hemos estado practicando, vamos a girar de forma brusca, clavando todas los remos por la derecha de la balsa para salir despedidas hacia el este.

—¿Estás con nosotras, Kayla? –preguntó Bonnie.

—Kayla, ¿estás con nosotras? –repitió Jo a punto de abofetearla para que reaccionara.

—Sí –prometió la texana.

—Dios mío, nos estamos quedando sin oxígeno –le dijo Bonnie en voz baja para que solo lo oyera ella.

Jo también había notado el dolor de cabeza, el mareo y la dificultad para respirar, todos ellos síntomas de que se estaban quedando sin oxígeno.

—Aguanta unos minutos más, Bonnie –la tranquilizó–. Dentro de poco, estaremos en la Roca del Monumento y haremos lo que tenemos planeado.

La arriesgada decisión de Nick salió bien y los cuatro bomberos llegaron al río sin quemaduras graves. Sin embargo, no sabía si habían llegado a tiempo para interceptar la balsa.

–No hay nada a lo que podamos atar la cuerda, así que dos de nosotros la vamos a sujetar –les dijo a sus compañeros–. Tom, tú quédate a este lado. Yo voy a cruzar nadando. La tenemos que poner a unos treinta centímetros de la superficie del agua para que pare la balsa, pero no la vuelque –añadió tosiendo de nuevo–. Jason y Brian, vosotros meteros todo lo que podáis en el agua por si alguna de las chicas se cae.

Dicho aquello, se metió en el agua, pero cuando todavía no le cubría por la rodilla vio la balsa que se acercaba y a sus ocupantes dispuestas a clavar remos.

Bien, habían elegido justo aquel lugar para intentar salvarse, pero se acercaban demasiado deprisa. ¡No le iba a dar tiempo de pasar la cuerda a la otra orilla!

–¡Tom, olvídate de la cuerda! –gritó–. ¡Ya vienen!

De todas formas, Nick se dio cuenta de que su plan inicial no era bueno pues la fuerza de la corriente era tremenda.

Solo podía hacer una cosa. Dejar que las chicas intentaran parar la balsa y, si no podían, ayudarlas.

El plan de Jo funcionó a la perfección. La oyó gritar «¡Ahora!» y vio cómo las chicas clavaban los remos y conseguían acercar la balsa hacia la orilla.

Lo malo fue que comenzó a dar vueltas. Corrían el peligro de encontrarse de nuevo en mitad del río en un abrir y cerrar de ojos.

–¡Saltad! –les indicó Nick a gritos.

Todas se tiraron al agua y Nick vio a Tom y a los otros dos compañeros que las agarraban. Sin embargo, Jo había sido la última en saltar y no habían podido ayudarla pues estaba demasiado lejos de la orilla.

Nick la vio pasar a su lado y consiguió tomarla de un tobillo. Con todas las fuerzas que le quedaban y centímetro a centímetro pudo sacarla del agua y llevarla a tierra firme.

Al llegar, estaba tan exhausto que no podía apenas hablar.

Kayla se puso a llorar histérica. No sabía que todavía les quedaba lo peor. Sin decir nada, los cuatro bomberos envolvieron a las chicas en sus capas.

Nick tomó a Jo de la mano.

–Hazel nos está esperando detrás de esos árboles. Una carrerita y estaremos salvados. ¿Lista?

Jo no podía hablar pues el miedo se lo impedía, pero consiguió apretarle la mano y asentir.

Mientras remontaba el cañón, se dio cuenta de la experiencia que tenía Nick y de cómo sus compañeros confiaban en él y lo seguían sin cuestionarlo.

Bonnie y Jason quedaron atrapados en un círculo de fuego y Nick los sacó de allí arriesgando su vida. Cuando cruzó la pared de llamas, Jo se dio cuenta de que lo amaba y de que, nómada o no, era lo único que quería en la vida.

Cuando la vio aparecer entre el humo con los otros dos, tuvo que hacer un gran esfuerzo para no correr a sus brazos como una colegiala.

Al llegar a lo alto de la montaña, vieron que había varias ambulancias y dos helicópteros de informativos luchando por obtener las mejores imágenes del rescate, pero estaban tan exhaustos que no les hicieron ni caso.

Hazel apartó a las cámaras y se acercó para asegurarse de que nadie había resultado herido. A continuación, metió a Jo y a Nick en el asiento trasero de su coche y se los llevó de allí.

—Perdóname —le susurró Jo a Nick.

—¿Por qué? —le preguntó él—. Que el viento cambiara de dirección no ha sido culpa tuya.

Jo negó con la cabeza.

—No me refería a eso —le aclaró—. Quiero que me perdones por ser tan egoísta. Quiero un hombre estable en mi vida y, si eres tú, creo que podríamos ser muy felices, pero –añadió con el corazón en un puño– si tú no quieres cambiar de vida, quiero que sepas que lo entiendo. Eres un héroe, Nick. Tu trabajo es importante y entiendo que quieras seguir haciéndolo. También entiendo que necesites tener a varias mujeres, aquí y allá, como válvula de escape –sonrió amargamente.

Nick la tomó de la mano y le acarició la mejilla.

–Nunca he necesitado a cinco mujeres, Jo –contestó Nick–. Solo a una. Solo a ti.

Jo lo miró fijamente.

–No se me dan bien las relaciones basadas únicamente en el sexo, Nick. Para mí, tiene que haber algo más porque…

Nick se inclinó sobre ella y la besó.

–Siempre he soñado con querer a una mujer y con que esa mujer me quisiera para siempre. Tú eres la primera mujer que he conocido en mi vida, Jo, con la que he querido que mi sueño se hiciera realidad.

Le secó las lágrimas de las mejillas y la volvió a besar.

Tan concentrados estaban que ninguno se percató de la cara de satisfacción de Hazel.

Capítulo Dieciocho

—Así que este es el famoso valle Mystery –comentó Nick impresionado desde el piso número doce del hotel–. No me extraña que a Hazel y a ti os encante este lugar. Hay cultivos, bosque, prados y montañas. He viajado mucho por el oeste, pero esta zona es preciosa.

–Desde aquí todavía no se ve el pueblo –contestó Jo–, solo la torre de la iglesia, pero ese prado de ahí es de Hazel, por ejemplo. Su rancho ocupa un tercio del valle. Ahora tiene al ganado en los prados de verano que están en la parte baja de las colinas.

–Es la reina del lugar, ¿eh? –sonrió Nick–. Y pensar que estamos utilizando su cadillac y gastándonos su dinero.

–¿Te parece un mal plan o es que estás harto de la compañía? –bromeó Jo.

–Sí, estoy harto de la compañía –contestó Nick levantándola por los aires y besándola con pasión.

Nick y sus compañeros habían recibido la medalla al mérito por el rescate y tenían una semana libre y Hazel había insistido en pagársela.

–Los dos sois mis héroes –les había dicho a Jo y a él– y quiero que disfrutéis de unas vacaciones estupendas que os voy a costear yo.

–Muy bien, ¿qué te parece en el valle de Mystery? –había propuesto Nick–. Tengo curiosidad por conocer ese lugar de donde salen mujeres tan increíbles como vosotras.

No había sido la escapada tranquila que ambos hubieran deseado pues el rescate estaba demasiado reciente y tuvieron que conceder varias entrevistas a los medios de comunicación y contar su historia varias veces al personal del hotel.

Aquello les quedaba grande a los dos pues ellos no querían reconocimientos sino una cabaña aislada en el monte.

–¿Sabes que Hazel te adora y que va por ahí contando maravillas de ti? –preguntó Jo.

–Le alabo el gusto, pero lo que a mí me interesa de verdad es saber qué opina usted de mí, señorita Lofton.

–Eh, que eres muy bueno en el saco –bromeó haciéndolo reír.

–No, en serio…

–En serio… que eres un hombre maravilloso.

–Si Kayla no se hubiera guardado la nota, jamás lo habrías dudado –le recordó abrazándola.

Jo se estremeció al darse cuenta de lo frágil que había sido su relación al principio, de con cuánta facilidad se podía haber roto.

Qué difícil era encontrar a la persona correcta y qué bonito era el amor una vez que se había encontrado.

–Kayla me dio la excusa perfecta para no arriesgar el corazón –le explicó–. No quería que me volvieran a utilizar como había hecho Ned. Después de haber escapado del cañón, me di cuenta de que había sido valiente y de que tenía que seguir siéndolo. No podía apartarte de mi vida así como así. ¡Fíjate en lo que me habría perdido! –sonrió.

–Qué mal lo pasó Kayla a la hora de confesar. ¿Estás enfadada con ella?

–Lo intenté, pero la vi tan apenada que no pude. Lo que pasó en el río, nos unió para siempre e incluso nos abrazamos sinceramente al despedirnos.

Su aventura en la Naturaleza, que podía haber terminado en desastre, había salido estupendamente y le había revelado dos cosas: que Nick no la había dejado plantada y que poseía la fuerza y la confianza en sí misma que necesitaba.

–Vaya, vaya, este bombero está un poco caliente –dijo deslizando la mano dentro de la bata de Nick.

–Eh, no empieces nada que no tengas intención de terminar –sonrió él derritiéndola por dentro.

–¿Y quién te ha dicho que no tengo intención de terminarlo? Te deseo –lo instó.

Nick nunca había necesitado demasiada invitación para lanzarse a hacerle el amor. La tomó en brazos y la llevó a la enorme cama que compartían desde hacía días. Una vez allí, le desabrochó la bata y la tiró al suelo junto con la suya.

Gimiendo los dos, cayeron sobre la cama y Jo se puso sobre él dispuesta a montarlo. Nick le tomó ambos pechos en las manos y jugueteó con ellos.

Al cabo de un rato, Nick la tomó de las caderas y Jo supo que solo quedaba hacer una cosa, así que deslizó su miembro en el interior de su cuerpo y se volvió a maravillar del placer que aquello producía.

Gritando palabras inconexas e instándolo a que no parara, siguió moviendo las caderas. Cada vez más deprisa, cada vez más fuerte hasta verlo cerrar los ojos de placer.

Habían hecho el amor de varias formas, pero aquella estaba siendo pura posesión. Jo no tenía intención de prolongar las caricias. Necesitaba, al igual que él, un repentino y rotundo estallido de placer.

Alcanzaron aquel momento juntos, gritaron en el instante final y se desplomaron uno sobre el otro.

–Hazel me ha dicho que ya tengo trabajo en Mystery –le dijo Nick al cabo de un rato de silencio.

–¿Lo vas a aceptar? –le preguntó ella con el corazón en un puño.

–Me tienta, sí. Hazel me ha asegurado que no hay un lugar mejor en el mundo para casarse y tener una familia, así que, sí, lo voy a intentar.

Jo se incorporó y se quedó mirándolo. Tras el rescate, le había asegurado que era la mujer de su vida y, durante aquellas semanas, se lo había demostrado.

Jo había creído incluso haberle oído decir aquel mismo día al despedirse que la quería, pero se dijo que debía de haber sido su imaginación.

–Nick Kramer, ¿estás pensando en casarte?

–Sí, contigo –sonrió Nick.

–¿Me estás pidiendo que me case contigo y te ayude a tener esa familia que deseas?

–Efectivamente –contestó Nick–. ¿Qué me dices?

–Te digo que sí –contestó Jo besándolo–, pero te advierto, bombero, que la vida por aquí no es tan ardiente como la que has llevado antes.

—No estoy de acuerdo —sonrió Nick—. Yo veo mucho fuego en ti.

Tres meses después del rescate en el río, la nieve había cubierto el parque nacional y Mike Silewski estaba conduciendo su todoterreno para comprobar que todos los refugios estaban bien cuando oyó una noticia en la radio que lo llenó de emoción.

—«Suenan campanas de boda para la profesora de música de Mystery y el bombero que le salvó la vida. La ceremonia se va a celebrar en el rancho de Hazel McCallum y será la cuarta boda en poco tiempo que tiene lugar allí.

Joanna Lofton, de veinticinco años, y Nick Kramer, bombero condecorado varias veces y nativo de Colorado, contraerán matrimonio en mayo tras una historia de amor que comenzó, precisamente, en el parque nacional en el que estuvieron a punto de morir.

Por si no lo recuerdan, les diré que en agosto Nick y tres compañeros arriesgaron la vida por salvar a Lofton y dos amigas que estaban descendiendo el río.

Ninguno de los contrayentes ha querido

hablar con los medios de comunicación, pero sí lo ha hecho la ganadera de setenta y cinco años Hazel McCallum, quien nos ha confirmado que Nick Kramer ha dejado el cuerpo de bomberos y se ha convertido en asesor del departamento de incendios del valle. Además, está dando clases de Medio Ambiente en la Universidad de verano de Mystery.

La señora McCallum nos ha comentado también que espera que se celebren unas cuantas bodas más en Mystery en poco tiempo, pero no ha querido darnos detalles y se ha limitado a afirmar «que es una romántica empedernida. Es solo una corazonada».